中国专业作家作品典藏文库

中国专业作家作品典藏文库
邹静之卷

骑马上街的三哥

邹静之／著

中国文史出版社

邹静之

目　录

第 一 辑

第 二 辑

第 三 辑

第 四 辑

第 一 辑

链　条

　　那天放风，绕着狱墙走到第二圈时，青子想通了。这次出监后，顶要紧的事有两件：一是买一把好刀子，开好刃，磨快了去找五聪，最不济得要他根指头。二是买三副好海竿，带足了食，去马头礁钓六天鱼，就一人去，带上酒精炉，钓上鱼吃鱼，钓不上鱼饿着。

　　青子把双手举过头顶，屏住气一挥，做着打海竿的动作，嘴里学着手轮放线的声音："咝，嗵！"食打好了，静等。只要竿梢一颤，赶忙抄起竿来收线，看着一条鱼被细线提出水面，钓鱼的最大乐趣就在那一刻。青子琢磨过，他认为乐趣来自那鱼的挣扎，它抗拒着被你制服，被你收获，让你体会到什么是强大、能力。

　　三百六十七步，该吹哨了。

　　他和燕子好的那夜，燕子像条鱼似的挣扎着，按下去这头，那头又翘起来了。他先是手足无措，后来被挣扎激起的大火越烧越旺，他把燕子烫软了，煮熟了。时至今日，他钓到的最大的鱼

3

该是燕子。

"立正。向右转。齐步走。"

想到燕子，他就想哭，当着一千一万个人哭，他不怕羞，不怕。让一万个人都想削了五聪的指头，然后，劝劝燕子，让她回心转意再跟青子好。

"立定。各回各号。打扫卫生。"

那字原本该五聪签的，五聪让青子签了。青子刚写了一个姓，那笔就不出水了。五聪抽出自己的笔递给青子，所以签出的名字就有两种颜色。

青子签了那个名之后，就成了诈骗犯。十几万块钱其实都在五聪手里，五聪告诉他：你去坐牢，出来给你八万。青子愿意为八万块去坐牢，青子怕这一生再没有挣八万块钱的机会了，只是不知道燕子怎么想。燕子不说话，在嗑瓜子。

"各号组织读报，《人民日报》第四版。"

燕子那夜一动不动，像一条冻过的鱼。青子心里很乱，他不知道燕子怎么想的，她像把想说的话都随着瓜子皮吐在地上了。青子勉强地做了那事。

入监一年多，燕子来看过他一次。那天，青子一直在咽唾沫，把要跳出来的心压住。他们没说什么，燕子谈了谈天气，然后告诉他一种药的吃法。青子一直在想，是不是应该伸过手去，抚摸燕子的手、脸乃至乳房。青子的手一直没动，他用眼睛在燕子的身子上蹭来蹭去，那目光打断了燕子正说着的话。燕子停了会儿，看着别处告诉他：

"我现在和五聪一起过呢……"

"……"

"我离不开男人，五聪待我不错。"

"这……这是好事，你应该这样……应该！"

青子把手和心都收紧，他觉得燕子一点挣扎的感觉都没有了。鱼被钓上来，煮熟了，又放冷了。

青子再问了那瓶药的吃法。然后，站起来，伸出手去，在燕子的耳垂上捏了捏。他以为燕子会躲一躲，或左右摇摆一下，没有，燕子一动不动，任他在那软软的耳垂上捏弄。

"各号准备，开饭了，窝头白菜。"

后来，青子发现自己还在想燕子。想燕子时，他就含一片燕子送来的药片。药片是粉红色的，有一层薄薄的糖衣，刚放在嘴里是甜的，过后会微微地发苦，最后是苦得发麻。

青子含完药片后，就静静地咬牙，一下一下把苦咬断咽进肚子里。他边咬边在心里骂五聪，直到牙咬累了才停止。

青子恨五聪，恨他就和燕子过上了。别人代他在大狱里吃窝头、睡水泥板，他倒搂着别人的老婆睡了。这不像小说里写的吗？小说不是告诉人这仇要报吗？青子想到报仇，那咽下去的苦，就带来力量。

"集合。拿工具。外出劳动。"

青子卖力地刨土。青子知道下力干活，晚上能睡好觉。进来三年了，青子添了个毛病，怕睡觉。长长的夜总醒着，那些钻进脑袋里的事儿一件件追着他演，一闭上眼，乱了的心就像要炸了。

睡着，就想燕子，越想越睡不着，越睡不着越想。他给燕子写了封信，向她要张相片。燕子回信说：找了半天，没找到好的，等照了好的再给寄去。过了一年也没寄来，青子也不想要了。同号的"学问张"有一张老婆的照片，不知被谁偷走了，再找到时，上边沾了一些脏东西。

青子知道，他想的都是原来的燕子。现在的燕子什么样，他已不知道了，不知道的事儿，再想也不知道。他脑子里只是常现出燕子和五聪干那事的情景，干那事的燕子，从不挣扎，每次都像条冻鱼。

像冻鱼似的燕子，可能不会在乎她的男人被削掉根指头。青子不怕五聪喊疼，怕燕子喊。燕子要喊疼，青子的刀就举不起来，或举起来也落不下去。

"收拾工具。整队集合。"

那八万块钱能干什么呢？想买个单元房，可能不够。想成个家，想领个执照做买卖，想买辆车，可能都不太够。就是怪，一有钱了，倒觉得这钱太少了，干什么都不行。没钱的时候什么也不想。

干吗不向五聪再要点？五年大狱给八万，外加个老婆呢，燕子值多少？

……燕子的钱不能要，要了钱就削不成五聪的指头了；燕子的钱若要了，就连青子的一部分也卖了。就拿八万，外带一根指头。削哪根让五聪自己选，青子不在乎，大指小指都行。

"一二一，一二一，一二三四。"

就把八万块钱都存起来，每月吃利息，什么也不干，租间房子住。燕子要能回来更好，要不回来，就找个能成家过日子的，农村的也行。养孩子，过日子。我青子心静了，想开了，累了，受够了，想过几天安稳日子了。

燕子要能回来，该会怎样？还是不爱笑，总嗑瓜子？还是扑棱棱的一条活鱼？还是手上留不住钱……也许早变成冻鱼了。变成冻鱼，我青子也要把她暖活了，让她游，让她挣扎，让青子我放线收线地来回带着跑。

忘不了燕子，燕子许是早把青子忘了。忘了也好，燕子她就欠了青子的情，青子对她是真心的，她忘了青子让她心里难受。

"后边跟上。跑步。一二一。"

他应这五年大狱时，没好好想想燕子。燕子没说什么，许是不同意，许是心凉了。他光想着挣钱，他没想这五年燕子该怎么过。燕子跟了五聪，也是没办法。但五聪不能这么做，五聪有钱该去找别的女人，他不该吃青子这口食。

他原想给五聪写封信，骂骂他。信写了又给撕了。写了也没用，他等着出监的那一天，账要一总儿算。

"各号洗漱。轮流出号。抓紧时间。"

五聪要是不给我八万块钱怎么办？他赖账，说没钱，做买卖赔了，拉一屁股账。你青子要钱没有要命有一条。怎么办？取他的头，那青子自己的头也要掉。找他打官司？青子倒是有五聪写的一张欠条，可官司胜了，五聪没钱，最多坐几年牢。

7

青子悔了，当初该先要了四万再来蹲牢房，否则真是让人耍着玩儿了。青子悔了。

或许不会，五聪不是个拼死不要命的人，他该知道对青子的分寸啊。老婆霸了，再赖八万，五聪除非不想活了。他小子除非不想活了！提刀断他的头。青子做了个劈的动作，那手在空中没落下来。断他的头也是断青子的头，这头不好断。

什么样的仇才够得上以死相拼，连活都不活了？青子和五聪一起死，青子报个仇，图财霸妻的仇。提了头去公安局自首，哗地把头扔在警察的桌子上。说杀了人，来投案，要杀要剐任便。然后，去法场，啪的一弹，世界全黑了，睁开眼也见不到太阳。

够不上以死相拼，那就玩暗的。冲五聪笑笑：老婆你睡，钱你花，我青子为哥们儿两肋插刀。放心，没钱不要紧，算我青子借给你的，有了你还我，没有呢，我青子就算这五年睡了一觉。然后，找点什么药，让他七窍流血，浑身发青地去死。

这不像青子的风格。

"各号熄灯。严禁说话。各号熄灯。"

青子睁着眼睛睡着。他觉得这几年牢要白坐了，五聪轻轻松松地耍了他。五聪根本不怕他，他刚一入牢，五聪就趴在燕子身上去干那事儿，他不只是干燕子，五聪连他青子都给干了。

"我×你五聪的妈呀！"

"不许说话，谁他妈骂人呢！"

青子想到这儿，就一天监牢也不想坐下去了，他想整夜地大声骂街，把五聪给骂出来。

8

"五聪你丫挺的出来，把五聪找来！

"五聪！×你妈呀！五聪！"

"371号，出来，不想睡觉是不？小号里待着去！"

青子在小号里骂了三天，嗓子骂失声了，才住了嘴。三天后，青子想着牢里的日子还得熬下去，熬出监了，再说！

后来的四百多天，青子是一天天数过来的。数到最后几天，青子不想数了，他有点留恋，有点胆怯。五年来他习惯了，干什么都有人安排，吃饭、干活、学习、睡觉都被安排好了。你不用盼着今天能吃点什么，给你什么吃什么。你也不用愁明天没钱花了，有钱没钱你都过一样的日子。五年他省了不少心，省下心都被胡思乱想占了，他觉得他开始变得犹豫不决。

他想不出五年后的监外是个什么样。听一些新号讲外边的事儿，他觉得他进来好像不止五年。他对外边已经陌生了。

办出监手续的是位老民警，他没在意青子的平静。办好手续，青子就拎着他的破行李卷儿往监狱门口走去。他原想把行李给同号的留下，后来他觉得出去了，这行李可能对他更有用。

门卫看了眼他的条子，抬手放行。出来了，满地的黄菜花，晃得比阳光还耀眼。青子这时才感受到，还是外边好，外边有庄稼，有蜜蜂，有那些在田里治虫的人。风从很远的地方吹过来，从那些波动的菜花上吹过来，让你的衣襟飘一飘。

青子呼了口气，把行李放下，仔细把出监的手续揣进内衣口袋。再拎起行李时，看见小路上一辆灰汽车中走下两个人。

是他妈的五聪，还有燕子。

"青子，没变样嘿！没变样，还那么精神！"五聪背着身后一田野的菜花，一件黑色的西装，把光都吸走了。

　　别他妈装孙子了，我没变样儿，我就差流鼻涕变傻瓜了。青子没把笑从脸上拿开，他听了五聪一句话后，突然就回到了五年前与五聪相连的那个世界。外边没有改变，五年了，世界还是那样。

　　"青子，苦啦，苦啦，来上车。哥哥我今天给你压惊洗尘。

　　"这小包袱卷里是什么？有重要的值钱的带上，没用的就扔吧！"

　　青子打开包袱看了看，拿起根牙刷，就又把包袱捆好，留在了地上。

　　车开了，青子回头看看，包袱和监狱都停在了那里，一动不动。五年过去了，汽车拉着青子往菜花深处开去。

　　那天晚上喝酒，燕子一句话都没说。她吃得不多，吃完后就对着小镜子上口红。燕子对青子的出来，没高兴也没不高兴。青子一时曾怀疑过自己与燕子是否有过夫妻样的生活和情感。

　　要说变，他觉得这五年变得最多的是燕子，燕子变成了另一个人，青子不认识的一个人。青子在喝下一杯酒之后，突然反应过来，这五年他最大的损失该是丢了一个人。一个人丢了，找不到了，任他到死也找不回来。这和八万块钱不同，他原本没有八万块钱，现在最多是得不到，而燕子却是丢了，找不回来了。

　　想到这儿，他看了燕子一眼。燕子冲他笑笑，这一笑，让青子感到，世界还是在变。燕子已经把笑和哭混在一起了。

"青子，这几年可够素的吧？苦啦！苦啦！咱哥儿俩说句抱脑袋的话，哥哥我从来就没忘了你，虽说没去牢里看你，但哥哥我心里惦着你呢！这不，知道你出来了，就去接你了！"

　　青子觉得五聪也有点变了，他原来还拿说假话当说假话，现在拿说假话当说真话了，还他妈慷慨激昂的。

　　青子笑着说："谢了，谢了。其实我坐大牢也是为了我自己，用不着劳您费心，费心。"

　　"生分了不是！什么你的我的，咱哥儿俩的！是你的也是我的，别分那么细。"

　　青子听出了话里的意思，但他不知五聪指的是燕子还是那八万块钱。燕子已经你我不分了，八万块钱青子不想放了手。还有因为燕子欠下他的一根手指头，就一根，大小都行。

　　青子端起酒杯喝酒，没接五聪的话。那酒在口里半天咽不下去。他想他这会儿要在牢里，可能正干活渴得直咽唾沫呢。用那五年做背景，现在他在酒桌上喝酒，是多么突然、陌生。这灯光，这红红的肥肉，这大堂中饮酒和交谈的声音，这燕子，这五聪，这还在拼命想找回自己的青子。他干吗非得和五聪来这儿啊！把睡了五年的行李也丢了，要不最起码晚上盖着它，还能想起点什么，不会孤单得只剩一个光光的身子。

　　青子知道，他没有每天吃这种饭的权利。他也不想。他只想要回八万块钱来，灭五聪一根手指。然后远走，去过另一种生活。放羊去也行，看山去也行。他知道，这五年使他和原来断了，连不起来了。青子想到这儿，就觉得这五年改变的是他自己，别的什么也没变。他喝酒的样子变了，他说话的语气变了，想女人的方式变了，连刷牙也变成一上一下地刷而不是左右抡开了蹭。

青子变了，有酒也不高兴，没酒也不发愁。五聪再别想套出他酒桌上的话去，青子慢慢地喝，有了定性。

"青子，哥哥我这几年红火过，也瓢过。没什么，有钱了就花，没钱了就忍着。燕子跟我没少遭罪。燕子，好燕子，给青子倒酒。"

青子喝了燕子倒的酒。他怕五聪接着再说燕子别的什么，说他们俩的旧情。青子不知为什么是他怕，而五聪反而更气壮些。他觉得这也许是爱燕子和不爱燕子的区别。

"这五百块钱你先拿着，这两天花。咱们俩还有笔账，过些日子慢慢算吧。"

青子拿了那钱。

青子拿了钱那晚上在五聪给他找的一间单元房里怎么也睡不着。

青子以为五聪那晚上会把燕子让给他。他盼着能这样，又怕。后来没这样。他透过窗户看着五聪挽着燕子上了一辆出租车，走了。

今天是怎么了！全反过来了！本是五聪欠青子的人情，欠青子的钱，还欠青子的老婆！怎么像青子欠他丫挺的？五百块钱像是他赏给我的，这他妈的连一年的利息都不够。干吗接了他的，干吗吃他的洗尘酒，干吗出了监就买了刀子去找他，一根指头八万块痛快地了账。让这小子服个软，让这小子疼得叫唤！

明天先去买刀，买了刀就找他去。

如果五聪今天有把燕子留下来的意思，他青子也就不会这么生气，这么等不到明天。青子到半夜想透了，青子这五年大狱出来，第一想的不是八万块钱，是燕子，是他妈燕子，一百个燕子。

可燕子不想他，女人比黄连还苦。他这五年大狱不是一个人耍了他，是五聪和燕子一起耍了他，他能不急着去买刀吗？

青子买了把菜刀。这有点不像去报仇，像去拼命的。

青子买了菜刀后，揣着菜刀在这个城市转了两天没碰上五聪。都说五聪在草王宾馆包了间房，他去了，没有。

他盼着能在大街上碰着五聪，不交谈，拿刀剁指头。让街上人看着，让燕子看着，让燕子哭叫，不手软，唰的一下剁他的拇指。

第三天，他又在城里找了一天。傍晚回单元小屋时，打开门看见五聪和燕子，在里边吃饭喝酒呢。这倒像他们的家，在这睡了三夜的小屋中，青子是个外来户。

"青子一块儿吃吗？听说你满城地找我呢。我出了两天门，去省里办货了，有事儿吗？

"有事儿待会儿说，先吃饭。"

青子把装菜刀的书包扔在床上，端起杯酒喝了。青子端酒的手有点颤，青子忽然恨那打战的手，他咽了酒，就用那发颤的手，从怀里掏出五聪写给他的欠条来。

"边吃边说吧。五年大狱我出来，这钱你给我结了，我走人。"

"……这钱还结不了，哥哥我这批货一出手，钱短不了你的。咱们是哥们儿，哥们儿别为点钱破了情。"

"你五聪什么时候拿我当哥们儿了？我刚进去，你就干上我媳妇了，这事儿想完都完不了。"

"你还真记恨上了，话别扯女人，一扯女人咱搅不清。没完？你还要怎样？"

青子看着燕子一直在鱼碗中挑鱼骨头吸，她像什么也没听见。

"我要你根手指头……"说完了，青子从书包里拿出那把新菜刀，拍在桌子上。

五聪看着刀愣了会儿。

燕子站起来往走廊里去了，燕子没哭也没叫，青子连她的脸也没看见。

燕子走了，青子就觉得这事缺了壮烈的气氛。他突然盼着五聪说句软话，或者燕子哭着跑进来求他。他不知为什么，觉得自己缺少去剁一个人手指的力量。青子盼着五聪说软话，盼着燕子冲进来，求他收起那菜刀。他的恨就算消了，他的恨许就值一出戏，演过就算了。

"也好！剁我根指头，燕子和我就不欠你什么了。来吧，要哪只手哪一根，你挑。"

五聪把左手伸出来，用右手慢慢挽着衣袖。

剁了根指头就不欠情了。青子忽然后悔这刀买早了点，干吗

14

不等再过几天，让他们多欠几天情。他知道燕子为什么躲出去了，她盼着这事儿快摊开，快了结。燕子比青子还急迫地需要五聪的一根指头。

"剁你的指头，当然由你挑。你挑吧，大小都行！"青子想压压五聪的锐气，想拖延时间。青子盼着这事能有转机。

"剁了小的对不起你，就剁这根大的吧。来吧，兄弟下手。"五聪咬着牙，几句话说出一头汗来。

青子没去摸那把刀，青子知道刀拿起来就不能再空着下去。他知道此时只有燕子能中止这件事，但听不到一点燕子的声音。

"燕子！进来，来帮我按着点手，也给青子兄弟鼓点劲儿！燕子！"

燕子进来了。燕子就去按五聪的手，燕子不偏头，也不苍白，两眼盯着五聪摊开的桌子上的手，和那根指头一起等着青子举起刀。

青子很孤单，他觉得不像是他来剁五聪的指头，像五聪和燕子合起来要剁他的头。他心里原有个不愿承认的想法，此时扩大了：五聪比他青子坏，比他毒，比他奸诈，比他心狠，而燕子更喜欢坏男人。燕子和他好时，早就想上了五聪。就是说他心里的燕子根本不是燕子，燕子是另一个女人，燕子从来没喜欢过他。

青子看着那把刀，没有力量伸过手去把它举起来。青子觉悟到，自己不是一个能剁仇人指头的人。

"兄弟，怎么着，怕了？怕了就别买刀呀。我让你看看什么样的人才配买把刀……"

这事出乎两人所料。五聪抄起菜刀，只一下，那根大拇指便弹下了桌子。燕子大叫着慌忙去桌下捡那根指头，那指头在她抖动的手上跳着。

青子败了。五聪让青子坐了五年牢，睡了他女人，赖了八万块钱的账，还用那根自己剁下的大拇指狠狠地羞辱了他。

青子悟出，最初的自己就与五聪不同。五聪是骗人挣钱，而青子想的是代人坐牢挣钱；五聪睡别人的女人理直气壮，青子丢了女人不声不响；青子不忍剁别人的指头，五聪敢剁自己的指头。

青子实在不是个坏人，青子也学不成个坏人。青子流着泪走了。青子想：坐了五年牢，明白了自己不是坏人，就这。

青子想过后，就非常非常消沉，他买了海竿去马头礁钓鱼，这是在牢里就想好了的。青子觉出一切都要重新来，重新上食，抛线，静静地等。

潮平了，鱼该吃食了。

当不了坏人就做好人吧！钓罢了六天鱼，就去街道报到。开个卖图书或酒烟的摊照，风里雨里做个本分生意。帮老爱幼，要将就活出个好来。

要不就远走了事。听说内蒙古缺揽羊的，就去草原上，骑大马，唱豪歌。朴朴实实地吃穿交往，养上条狗，抱上羊铲，一天天在草坡上看流云，看蓝天。青子能吃苦，青子每天对着牲口、天空，会轻松。

海看着静呢，这水深处是什么世界？

总不能败给五聪了就去死，跳进海里也变不成条鱼。能变成鱼该多好，游啊，吃啊，一辈子。就是别碰上鱼钩，被钓上来，掏空了，用开水煮。死原也分个高下的。

活的高下谁来管呢？有钱的高还是没钱的高？五聪这样的高，还是青子高？谁管，谁管惩治坏人，褒奖好人？青子不是个好人也不是坏人，青子是个倒霉的人。青子原来把自己看错了，把燕子看错了，也把五聪看错了。

别的人将说，怎么会把自己看错呢？没照过镜子？

青子把头伸向阳光下的海水，那里边的人摇晃着，确实有点陌生。人不能长年不照镜子，其实，看着镜子里的人，就知道镜子外的人该朝哪儿走。

鱼为什么不咬钩，它们不饿？我饿了。

想做好人，就不应该坐在这儿，盼鱼咬钩。也许钓上来的鱼都是坏鱼，像五聪一样的鱼。钓来，杀死，吃掉。人在帮助鱼清理世界。人的世界由谁清理？由人自己？恐怕不容易，好坏的标准都难确立。燕子可能从来不觉得五聪坏，可能把那些坏都看成强了。

"坏鱼们上钩吧！快吃食吧！五聪你小子咬钩啊！让我钓上你来，吃你！"

马头礁上没有人，青子大声喊，像话剧道白那样大声朗诵着。喊到第三遍，真有鱼咬钩了，他冲过去，抄起海竿，飞快地摇起手轮来。

"来吧！五聪来吧！让青子我吃……"

是条肉滚子样的海鳗，是好鱼呀，是条有劲的鱼。贪吃的家伙把钩全给吞了，你吃钩，我吃你，谁吃我呢？

海鳗三尺多长，青子定住轮用抄子抄了三下没抄上来，一急就下手去抓。多滑多结实的一条鱼呀！被手一抓就像是有了用劲的依靠，拼命一甩一挣，鱼线断了。那鱼掉进水里，像道光游远了。

"他妈的！坏鱼呀，五聪！你跑了也活不了，你吞了钩，三天内你就得死！坏鱼呀！五聪……"

青子不知为什么把喊叫变成了号啕，青子哭了，青子这么多年头一次哭。青子心里其实极为平静，就是那颗平静的心催促着青子大声哭叫，催促着青子从礁石上奔来奔去地哭叫。

青子哭着把眼泪滴进海里，他想：如果现在有把刀他也会剁自己的指头，他会！剁完了仰天大笑。

"青子！青子！"他喊着自己。

"青子你是个孬种！你干不过五聪！"

他不知为什么喊出了这么一句话，那许是平静的心喊出来的，喊给这世界听。

青子喊出这句话，就不哭了。

天也黑了，青子收了线，躲进一个石窝子里去睡觉。

青子那夜闭上眼，就看见那条海鳗在他梦里挣扎。

它晃动着身体游着，突然抽动着头吐出口血来。鱼钩在身体最疼最黑暗的地方，像一个魔鬼骑上了它的灵魂，拼命地抽打它，压迫它。海鳗挺起身体，鞭子一样甩在珊瑚礁上。它想把那

18

个魔鬼翻下来，它叫嚷着用头去猛撞海底，咚的一下……

把青子撞醒了。满天星斗。青子以为是梦里的星斗，挪了下身体，不是。满天星斗今夜都为他一人闪烁着，这世界上此时还会有另外的人在看星星吗？肯定有。他会和我想起同一个问题吗？青子想到这儿，就觉得这孤单的马头礁其实很温暖，没有人没有房子没有楼上冲大便的声音，没有一个你恨的女人也没有仇人，在这里做梦也都是关于鱼类的梦，唤醒你的只能是天上的星星，或一股正在言语的风。

刚才做的是那条吞了钩的海鳗的梦吧？对，是那条海鳗，它要死了。它最后不会因疼而死，它会被一群围剿它的鱼撕碎，被那些鱼一口一口地吞吃了，连中间的脊骨都不剩。海鳗消失了，在这个世界不留一点踪影，海鳗死了后，它的疼也不存在了，那个鱼钩……

……那个鱼钩不会消失，它也许会被那些争抢海鳗尸体最凶残最急迫的一条坏鱼再吞了进去，连海鳗的疼一起吞进去。看见了，是一条很大的海黑鱼，又把鱼钩吞了下去。

青子屏住气，听见海里传来了痛苦的叫声。

以后的几天，青子白天钓鱼，晚上总是想起那个传递着死亡的钓鱼钩。第二天他梦见一只大鳕鱼抢食海黑鱼时，仓皇地吞下了那个挂着血肉的鱼钩。大鳕鱼拖着长须四处呻吟着，像一个临死的忏悔者。

"肯定会这样。一条鱼死了，再有一条吞下那钩，再死，再吞。最凶残最霸道的鱼最有可能吞了这钩。"

青子在马头礁待了三天后，就把脑子里想的事从嘴里说出来。说给海、石、飞鸟、白云听，想什么说什么，想怎么说就怎么说。

第四天，一条红加吉鱼吞了那钩，它是在咬一条大黄鱼的脖子时吞下那钩的。它觉得黄鱼的血肉在它口里长出锋利的刺，它甩了甩头，感觉那疼更深地抓住自己，从它鳃中吐出的水已有了微微的红色。

为什么会这样，没听谁说过黄鱼的脖子不能吃。会不会是报应？

这条红加吉鱼想起三天前，邻居一条公红加吉鱼出巢觅食时，它闯进那巢强暴了那条留在巢中的母鱼。它有过半日的担心，怕那条公鱼回来找它算账。没有，一切平安。那条公鱼愤怒地在它巢外叫喊了一阵后，放弃了决斗的念头。

除了这坏事，它还杀死过许多邻近的孩子。它一直有夜梦，觉得有一个发亮的东西要把它杀死。现在这东西来了，在它的喉间，让一点疼扩散进全身，扩散进脑子里。在最后的时刻，这条红加吉鱼在它生活的海域中痛苦地叫喊着，忏悔着。它求每一条鱼饶恕它，原谅它的罪过。它愿意去死，愿意以死来清洗它做的恶事。

青子关于鱼钩的梦做到这儿就断了。

在马头礁待了六天后，那条说好了的渔船并没有来接他，他的淡水喝光了，他就捞海白菜吃。没有水煮鱼，就只能烤着吃。第八天下了场雨。第十二天，一艘过路的渔政船把他拉回了岸。

再看到燕子是两年后的事了。

从马头礁回来，青子就办了个卖书报的执照。青子从来不卖那些带暴力和粉色的杂志，在他摊上销得最畅的是人物传记和各式散文集。青子边卖边看，青子觉得看书、卖书是件挺好的事儿。光看书不卖书没意思，光卖书不看书也没意思。看完后告诉别人这书好，你买了吧。那人就买了。青子觉得这样才是真正的卖书。

青子买了座铁棚子，每天早晨自己来开门，放下窗板，太阳就照进来。扫扫土，把书摆好，有人来就照顾客人，没人来，握一册书在柜台里边读。

那天，刚坐下读书，就有人影把光遮住了。青子抬头一看，是燕子。燕子穿得挺朴素，还那么漂亮。青子冲燕子笑一笑，不知怎么就习惯地说出："买书吗？"

"看看。"燕子的话不知说的是看青子还是看书。

"怎么知道我在这儿？"

"打听到的，说你在这儿挺有名。"

"你没怎么变，和我两年前见你差不多。"

"大家都没怎么变。不过你好像变大了一点。"

青子笑了笑，他觉得变大了一点，说得可能挺准确，其实他觉得燕子也变大了一点。

不时有人来买书，燕子就站到一旁去看青子卖书。来的是熟人，买了书说了两句话，看了燕子一眼就走了。

"没想到你会卖起书来了。"

21

"这活挺好，我愿意干一辈子。你进来坐会儿吧，这里有电热器。"

"你知道吗？五聪死了。"终于是燕子先说到了五聪。她说完了就等青子接着问点什么。青子愣了好一会儿，这是个意外的消息，但他不愿表现出来。

"是吗？为什么？"

"你知道，五聪爱自己做海味吃。一次杀鱼，鱼肚子里有个鱼钩刺破了他的手，毒胆汁流进血里，一天就死了。"

"是个鱼钩，鱼肚子里有个鱼钩。"

青子忽然想到两年前的马头礁上，鱼们传递鱼钩的梦。青子觉得五聪的死该和那些鱼有关系。

"是什么鱼？死多久了？"

"是条石鱼。五聪死有一年多了。"

不是他梦见的鱼，时间也不对，也许与他的那个钩没关系。

燕子那天走后，青子没到晚上就收了摊。那夜起，他又开始夜夜做鱼传递鱼钩的梦了。那鱼钩把死亡传递下去，没有终止，青子总被惊醒。

他给燕子写了封信，燕子就来了。那夜他们谈到挺晚，燕子就没走。

在床上的燕子先是紧张，挣扎，而后突然抱紧青子哭着说：

"青子！千万别干坏事，干坏事会遭报应！"

燕子说完这话，激动地呻吟起来，有只杯子被摇晃着落在了地上。

骑马上街的三哥

我有点紧张，是那块石头坐下的病。那时我太小，还不会走，看着那块石头从山上滚来，冲着我滚下来，我挪不开，连哭都忘了，看着石头从我小小的身子上跳过去，被前边的石头垫了一下，隔开了我，哗哗地在身后响远了。

我就从那一刻开始长大的，长到现在。打那儿我容易紧张，遇见陌生人和新事时，表面看不出来，心里打鼓，像石头又滚下来了，我知道砸不着我，再大的石头也会跳着过去，但还他妈的紧张。

这挺好，让人兴奋。我不怕想起那石头，我愿意想它，想一次，它就轻一点，到死的时候，它就小成一粒石子了，啪地打中我的脑门，死了，我死了。注定它要找到我，那块石头，我说的那块石头，它不会白白滚下来，总会找到我……

你没听，我每次说话你都不听。

"我听着呢！这肚带不好打，不是紧了就是松了，马长膘了。马进城也长膘，吃的，闲的，闷的，吓的。胆小的人都胖，马也

23

一样。三哥，戴上耳机子吗，路上好听音乐。"

我不戴，哪有骑马戴耳机子的。你戴上吧，听你的爬山调。

盼着今天有点风，把斗篷吹起来，要不，头扬得再高，也像残兵败将。当初这玩意儿不该做双层的，单层就行。

但很快人们异口同声地论定，
是他的仪态举止使他的服装，
以及他身边的一切趣味横生，
他的完美绝不需靠衣着增光，
额外的装饰只因为在他身上。

"昨天，你念诗的时候，那小妞直看你，旁边的老太太问她，是不是在拍电影，她半天没回过神来。"

如今的人俗，除了认识几个电影明星、主持人外，什么都不认识了，尤其把自己都忘了。

蛮子，我现在还为我这骑马上街的主意骄傲。你想想，这北二环路上除了汽车，就是自行车，铺天盖地，什么才能盖过他们？奔驰车？超短裙？都不行。披着斗篷，背着剑，骑着高头大马在街上慢慢走，傲视阔步。尊敬！满街都是尊敬。看过英国皇家卫队换岗没有，把个陈旧、可笑的事演正经了，看的人就会相形见绌，觉得自己活得没有空间的跨度、时间的长度、思想的深度。没度活着还有什么意思。

我觉得此时我就是个昭告天下的智者，看见我的人都会想起什么来，备不住有几个人就能顿悟，开天眼什么的。当然，大多数人只能把我当个新鲜事儿传传，也好，久而久之成了北京城的一景，这是最低纲领。

"昨天有几个人骂你傻×！"

这没什么，别人骂你傻×，你自己别认为是就行了。

> 他又是一位骑马能手，人们说，
>
> 他的马因是他骑才如此神骏。

蛮子，昨天我那几步颠儿怎么样？

"还行，不过我看见你脸有点变色。"

马一颠，我就想撒尿，这毛病可能改不了啦。就跟我一睡觉就爱吧嗒嘴一样，一辈子也改不过来了。

人都有对自己深恶痛绝的地方，比如是单眼皮，比如有口臭，比如拉屎抽烟、爱假笑、不会说谎等等，对自己恨之入骨。谁能猜出我一直没结婚，是怕心上人夜里听到连绵不绝的咀嚼声。

"不过，三哥，我给您出个主意，找个夜里咬牙的姑娘，不就行了吗？谁也不嫌谁。"

可以考虑。征婚广告上写：本人深夜咀嚼，欲觅一睡觉磨齿、面目姣好、有中等文化程度的未婚女子为伴。以完成睡梦空气宴之壮举，改善左右邻居的食欲，达到节约粮食的目的……

别出馊主意了，备好马了吗？备好了，咱们喊着，走！

"哎，咱喊着走。三哥！"

嗨！

"您认镫，上鞍，坐稳了身；抬头，挺胸，看准了人。走哇！"

嘘！蛮子，你先牵着马，出了胡同再把缰绳递给我。

"三哥，我一看见春天就害怕，一天一个样啊，昨天还是花骨朵呢，今天开了，开得好好的，明天谢了。风停了，雨来了；草长了，飞柳絮了。没一天安生时候，闹心。"

你个山民，还挺伤春悲秋的。春天好，春天是活过来的感觉。冬天死活不分，一到春天活的活了，死的死了，分得清。像这大街上一样，谁傻你一眼就能认出来。

"谁傻啊？我认不出来。"

谁傻也不是咱俩，你认吧。

"三哥，看啊！那坐奔驰车的把头探出来看咱们呢……"

是吗？他寂寞了，被一匹马弄寂寞了。

生存还是毁灭，这是一个值得考虑的问题；默然忍受命运的暴虐毒箭，或是挺身反抗人世的无涯苦难，通过斗争把它们扫清，这两种行为，哪一种更高贵？死了，睡着了，什么都完了；要是在这一种睡眠之中，我们心头的创痛，以及其他无数血肉之躯所不能避免的打击，都可以从此消失，那正是我们企求的结局。

26

蛮子，肚带系松了，咱们到路边紧紧吧，要不我非翻下来不可。

"三哥，你朗诵得真棒。你一念诗街都静下来了，他们看人的目光是那样的，不知道该哭还是该笑，都蒙了。三哥，那些诗是你编的还是你背的，那么光辉，明亮，春天！不过，你昨天念这段时，有个小子喊了声：有破烂儿的我买！好像谁越过得不好，谁就越有权力捣乱似的。三哥，咱这算是捣乱吗？"

蛮子，你不长进，就是看别人太多。现在是让别人看你的时代。有在街上念莎士比亚捣乱的吗？这是独白，是文化、艺术。一个再愚钝的人在艺术面前也会开窍。我现在是免费义演，让满街的人知道除了物质还有精神、情感、诗歌、韵文、戏剧。

啊！我死了，霍拉旭；猛烈的毒药已经克服了我的精神，我不能活着听见英国来的消息。

蛮子，还没系好吗？我已经看见奥菲莉娅在下一个街口站下了。

风息在帆顶上，人家都在等着信哩。

"系好了。三哥，我也想引起大家的注意，可我不会背诗，唱爬山调行吗？唱爬山调人家有点看不大起吧？我们那儿不同，谁唱得好，谁受尊重，大姑娘也爱，搭的伙计也多，一唱就到一起，生死不离。城里人搭伙计靠说，叫谈恋爱，说可赶不上唱呢，说咋能就把颗心说动起来，真好上了也没唱到一起的火爆，悄悄默默的没个声响。"

行了，蛮子，过了这街口你爱唱就唱，现在不行。

你看那小妞穿了件什么衣服，怎么那么像京剧戏装啊。蛮子，她是不是爱上我了，或者说爱上了我骑马上街这个形式（要不怎么连着三天在路口等我呢?）。我知道女人从来只爱形式，比如她们爱穿；比如她们把心上人称作"白马王子"（白马比王子重要）；比如她们扫花；比如她们缠足或穿高跟鞋。总之她们迷恋形式，她们确实是水，总让该突出的浮现出来，比如现在的我，因为她的等待和注目变得更加突出。我已看到在今后的日子里，每个街口都将有一位姑娘在等我，穿不同的服装，用不同的目光来突出我，或者说分解我作为中心的分量，再或者说跟随着我闪光，千万颗群星永远朝北斗。蛮子你说对了，唱比谈好，形式很重要。

可我他妈应该对戏装说什么？我没准备《牡丹亭》《状元媒》一类的唱段。我以为应该是一首十四行诗。这已无法改变，唯一可补救的是：蛮子，把这块手帕送给她去，我们来改编一出现代的《香罗帕》，去吧，什么也别说，我要对整条街朗诵了。

哦，美看起来要更美得多少倍，
若再有真加给它温馨的装潢！
玫瑰花很美，但我们觉得它更美，

因为它吐出一缕甜蜜的芳香。

野蔷薇的姿色也是同样旖旎，

比起玫瑰的芳馥四溢的娇颜，

同挂在树上，同样会搔首弄姿……

你也如此，美丽而可爱的青春，

当韶华凋谢，诗提取你的纯粹。

"三哥，三哥，三哥！"

我念诗时别打断我！

"她走了，她收下了手帕，她给了你一封信，让你回了家再拆。一封香的信，字儿写得不如我，就两个字：'给你。'离近了，看她不好看，脸上有雀斑，脖子有褶，是扁胸脯的那种。没看见她笑，只觉鼻子不小，关键是没问她夜里咬不咬牙。"

行了！这不重要。她为什么穿着戏装？是讽刺我呢，还是要与我平分秋色？她绝没那么深刻，也许只是爱，就变得奇怪。这例子不少，只是一时想不到。嘿！蛮子，这会儿工夫我怎么说话爱押韵了？诗确实能陶冶人，咱俩明天排一出《麦克白斯》吧，排一段精彩对白。

"我不，肚子里的爬山调尽往外蹦呢，压不住了。"

刮起东风水流西，

提着枕头想起你。

前半夜想你关不住门，

后半夜想你吹不熄灯。

前半夜想你翻不转身，

后半夜想你等不到明。

想你想得不瞌睡，

枕头上滴下两点伤心泪。

二更时想你到鸡儿叫，

手巾揩泪谁知道。

打住，蛮子，满街人都给你鼓掌呢。这破坏了咱们骑马上街的严肃性，他们拿咱们当哗众取宠的小人物了。打住，不能再唱了！要远离掌声，那东西太危险，像吗啡毒品，依靠了就离不开。大众从不为伟大和杰出鼓掌，因为他们在那中间找不到自己，像凡·高活着时全世界人都盼着他自杀，一百年后全世界又争着向他道歉。

有个穿戏装的姑娘就够乱了，你他妈的还让爬山调也掺和进来。别唱了。你怎么还挥起手来了？一座山也要平分秋色，这世界真是充满了功利。

吹吧，风啊！涨破了你的脸颊，猛烈地吹吧！你，瀑布一样的倾盆大雨，尽管倒泻下来，浸没了我们的宝塔，淹没了屋顶上的风标吧！你，思想一样迅速的硫黄电火，劈碎橡树的巨雷的先驱，烧焦了我的白发的头颅吧！你，震撼一切的霹雳啊，把这生殖繁密的、饱满的

30

地球击平了吧！打碎造物的模型，不要让一颗忘恩负义
的人类的种子遗留在世上！

平静了吧！蛮子，只有在独白的时候人类才会安静，他们不
敢鼓掌，怕激烈的情感传染给他们，使他们更多地感到生活不安
全。忘了你那爬山调吧，那东西只能对着黄牙唱。

"黄牙怎么了，黄牙比四环素牙好，四环素牙是骨子里的病，
比黄牙厉害。

"三哥你妒忌了，赶明儿我自己上街唱，不为别的，为高兴，
让城里的四环素牙都咧开了，亮亮丑。

"三哥，那奔驰车在前边停着呢，等咱呢，想跟咱说什
么呢。"

别看他，他要说话你跟他说，我上前边去，有话传过来。

"三哥，他问了话了，先问你是干什么的，是不是贵族、大
款、侨胞、诗人、演员、哲学家、精神病、倒爷、养马的、外星
人、骑警、跛子等等。"

你先问他是干什么的。

"问了。他说他干什么的可能性都有，你想他是干什么的，
他就是干什么的。"

那你回他，他想我是干什么的，我就不是干什么的。回他。

"三哥，回了，他说他没恶意，只是想跟您交个朋友。他还
说您骑马上街这想法不错。他原是这条街的中心人物，现在风头
被您抢了，作为传递的环节，也该认识认识，晚上想请您吃全蝎

31

宴，望您赏光。"

回他，请客免了，心领了。把这根鹿尾送给他，告诉他是祖传的能避邪。也不用见面了，做个神交的朋友吧。

"三哥，我回了。他收了鹿尾，给了你张片子，上边印的是'搬家婚丧公司总经理'。"

早看出来了，有不了大道行。

"他还说您像堂吉诃德，我像斑鸠。"

他以为拿堂吉诃德能嘲笑我。他根本不懂，堂吉诃德是个大英雄，末路英雄才是真英雄。现在还有几个人为精神而战，为失败而战，我他妈的还不能算堂吉诃德，还有距离。你回他感谢他的溢美之词，接近圣贤确实是我们的本意。

　　恺撒死了，你尊严的尸体，
　　也许变了泥巴破墙堆砌；
　　啊！他从前是何等的英雄，
　　现在只好替人挡雨遮风！

去，把那根鹿尾要回来，对这么个一生难求的知音，那礼轻了，改日以厚礼相赠。回过了，就跟上我，咱们走啦。

　　啊，甘美的气息！你几乎诱动公道的心，使她折断
她的利剑了！

"三哥，关于堂吉诃德的话对他说了，他说：别以为旧东西新鲜了就不会再变旧，有一天这些满街看你的人都会拿石头扔你们，到时你们骑上六条腿也逃不出哪儿去。三哥，我觉得他说得也有理，咱们得变着主意让这条街新鲜起来，比如我们可赶一只绵羊沿着二环路唱爬山调，您带着一群蚂蚁拼字什么的……"

蛮子，你他妈的就是个山民，黄牙！没人敢拿石头扔英国女王，越旧的东西越没有人敢扔，谁敢摔古董？也许那妞更对，她穿的戏装都是前朝的服饰，她是嫌我还不够旧，应该是长髯、高冠、青锋剑。

一个坐车的人为什么会对一个骑马的人产生仇恨，骑马的人想不透。骑马的人暂时没工夫想。人生下来后时时想得到别人的承认，希望别人说"是"。坐好车是这样，穿好衣裳是这样，读书谈吐是这样，过性生活是这样，著书立说是这样，种地放羊也是这样。如果这世界上只有一个人，他除了做给自己看，没有什么能对他做出评判，他不必取悦谁，只有他自己在说"是"或"不"。那人将是个什么样的？他在你面前你会不会觉得自己污浊、丑陋，一辈子也洗不干净？

这可能是坐车人恨骑马人的原因，他突然觉得骑马人更像人，坐车人更像车。蛮子，你他妈的没听！我说话你总是不听。

"听着呢！我在想念诗的为什么会恨唱爬山调的，是不是也是你说的那理。"

蛮子，跟着学吧，你快成哲学家了，快了。

"不想，赶不上学种地有用。"

这话也对，这世界还没有几件事能比种地的更有用。但越有用的越没有人爱干，人都爱干没用的事，比如打台球、藏画、微雕、割阑尾、焗油、割双眼皮、酿酒、种烟、吸毒、做报告、看杂技等等。还有骑马上街，这都与生命无涉，和生活有关。其实我闹不清生活是由什么组成的，单指活着的内容我觉得不完全，如果在奥斯维辛集中营，谁还会认为他有生活？死亡是生活的一部分，还是生活的结束，或者都是，又都不是。为什么生活又有好与不好之分，这个人过这样的生活被认为是好，换个人来过还是这样的生活，又被认为是悲惨。比如你在走，我在骑马，那人坐车，那人在跑，谁做了这样的安排？是不是某些人想改变这种安排（生活）？我现在就知道你，蛮子，想说累了，走不动了，回去吧！

听马蹄敲路的节奏总不会错，这条兴奋的街上就有一匹马。有无数的汽车，自行车，人。有树木，草坪，楼房，蓝天白云。有车的声音，人的声音，风的声音。但只有一匹马，它看不到同类，整日不说一句话。这能用孤独、寂寞来标明它吗？你想没想过，如果把你关在成千上万只老鼠中你会怎么想？如果这些老鼠都待你不错，你会不会就觉得不寂寞了？你会不会忘了自己是人，而以为是老鼠了？

现在，我骑着这马，理解这马，但它依旧恨我，它想过马的生活，不愿过道具的生活。也许我有一天该把它放了，做一匹诸葛亮的木牛流马，彻底让我成为这条街上的道具。一件道具所要表现的，比一整部戏剧要多得多，这也是古董的意义。

蛮子，你他妈的又没听！我说话你从不听。

"不是。三哥，那警察指着咱们呢，怕是要找麻烦。"

警察可不应该管我，我没有违法的行为。我读过《交通法规》，其中没有一条是对骑马人说的，骑马人在街上是法外之人。他不应管我，他有很多事要管，独不必管我。

蛮子，你过去，把我这话对他说了，硬气点。

不，不，即使这屋子里播满着天堂的香味，即使这是天使们遨游的乐境，我也不能做一日之留，我一去之后，我走的消息也许会传到你的耳朵，使你得到安慰。快来吧，黑夜；快快结束吧，白昼！因为我这可怜的贼子要趁着黑暗悄悄溜走。

"三哥，他没说你违法的事，只问你是不是演员，如是演员，在将来的排戏中能否让他做个背影镜头。我说您不是演员。他说不是演员也许是神经病。我说不是神经病。他说不是演员不是神经病，骑马上街干什么？还有那斗篷和宝剑，像他妈的从坟里爬出来的人。我说骑马上街和骑自行车上街一样，就因为想这样，爱这样，喜欢这样；穿斗篷和穿裙子一样，因为自己愿意。

"他听完后，说明白了，说不是三哥你有病而是我蛮子有病。然后对我说，警察原本是一条街的中心，而自从你骑马出现之后，每当路过这个街口，他中心的地位就转移到你身上去了。几乎街上的人都注视着你（包括他自己），这十分危险，或许会出车祸。鉴于法律对骑马人还没有什么规定，他想出一个折中的办法：你每次骑马过街时，须在马上对警察挥手致意，把中心的地位尽量再转回到警察身上去。那时他将配合你，庄严地对你放行。"

这不能同意，我不对任何人挥手。他应该想别的办法来恢复他中心的地位，如跳着舞指挥（国外有）、唱着歌指挥什么的。不，我不能同意挥手。

"三哥，他还提出了另一方案：由他主动挥手，您相应致答来实现中心转移的目的。"

不，依然不愿意。我不挥手也不致答，告诉他我是件道具，经过闹市的一件道具，不做任何交流。

　　只是为了这一个原因，只是为了这一个原因，我的
　　灵魂？纯洁的星星啊，不要让我向你们说出它的名字！
　　只是为了这一个原因……

"三哥，他说你明天必须持有这匹马的卫生合格证书，及排污合格证书才能骑它从这儿过。否则将扣留这匹马。"

这可以做到。蛮子，告诉他，除这两项证明外，还将有一篇《关于马匹在街上的出现将使人们视觉及心理得以缓解，并达到延年益寿、热爱生活、奋发向上之功效的研究论证》一并奉上。

　　虚名也有，实践也有。
　　啊，原谅我吧！

九　栋（三题）

标　本

我做过的标本，随着一本杂志卖给收废品的人了。里边有三四朵牵牛花、五六只蜻蜓，还有三种蟑螂，和一双夭折的小母鸡的爪子。爪子是房勇用剪刀剪下来晒干后送给我的。它们都夹在一本关于技术经济的杂志里边，那本杂志中有张楼房的照片，很像我现在住的九栋。

我是在九栋三门前把它们卖了的。

卖的时候，我以为收废品的人会翻开杂志看看，我期待着那些花朵和昆虫从里边掉出来，等着他惊讶、愤怒，用脚把那些东西踩烂。没有。他只是那么看了看就把一捆杂志放进了秤里。三斤。他说的三斤包括了那些标本。

如果这些杂志以后会集中在一个破烂场上，也许夜里有野猫要把那本杂志拉出来，在月光下，睁着闪亮的眼睛用舌头一页一页地翻，找到后，在星空下嚼那只干鸡爪，咔啦咔啦。我的那些标本都将变成食物，像我吃过的霉干菜。

……蚊子如果死了的话就是一滴血，我曾用报纸卷打死过一只蚊子，它粘在了墙上，第二天干了，只剩下两条丝线一样的笔触。蚊子的标本我没做过，如果把它们一只只地粘在白纸上，远看像是诗，蚊子——文字——诗。

乔小兵让我陪他去礼士路储蓄所取钱时，我说可以，但必须让我看看他那两个药瓶子里养的四脚蛇。他答应了。

他从床底下拉出一只纸盒子，纸盒子里有本特别厚的精装书，精装书挖空了，并排放着两个保健室常用的那种小口药瓶，每个瓶子里养着一只四脚蛇。

他拿起瓶子来，我清楚地看见四脚蛇白色的肚皮在玻璃的那一面呼吸，很薄的呼吸。它的眼睛看我时一动不动。

"当然是活的。我抓的时候它们还小呢，现在它们再不能从瓶子口出来了，我每天喂它们吃苍蝇，活的苍蝇，把翅膀揪了，塞进去，它们像闪电一样把苍蝇吞了。四脚蛇没表情，它们吃东西，就是腮比平时鼓一点。……你知道苍蝇的半边翅膀揪下来，它会怎么样？它用那半边翅膀飞，光转圈，飞不走，特别好玩，飞得越快越飞不走。"

我问他四脚蛇拉屎吗。

"拉，所有的脏东西都可以从瓶口倒出来。"

他把瓶子收起来了，说："咱俩走吧，要不该中午了。"

走的时候，他冲里屋喊了一句："小妹，我走了，中午回来，饭你自己先吃吧。"

我们大概走了四十分钟的路，他把右手抓在自己的裤兜里，我知道那里是个存折，一共有五百块钱。他爸妈被抓之前，就把这个存折缝在他的裤子里了。他爸爸乔炳浩，妈妈崔红，都是特务，前两个月抓起来的。

他说抓他爸妈的那天，他一直在楼下等着用一只铜挂钩和房勇换一颗黄芯的玻璃球。他看见了几个大人在车库的墙上刷大标语。他们先贴好白纸，然后一个字一个字地往上写。先写的是"打倒 CC 狗特务"。他觉得这名称挺怪。接着写了个"乔"字。他当时并没有想到这个字与他有关系。再写出"炳"时，他觉得这是爸爸了，但他没想到爸爸之后又写了"崔"字，这次他知道妈妈也被写上去了。他一直看着黑字写完之后又打上了红叉。他说当时并没有什么想法，只是把换玻璃球的事儿忘了。

他要回家时，看见他妹妹正从窗口往这儿看。

"那一刻她脸白得像一面镜子。"他说这话时右手一直捂着口袋。

"打那儿她就没下过楼。我和我妹妹特别好，她小时候说过傻话，她说，长大了跟我结婚，这话多傻啊。但我一直记着，这是一句错话，你也知道，但我一直记着，她是我妹妹，这比我自己重要，你说呢？"

我们进的第一个储蓄所是错的，办事的人说这是一所，你们该去二所。我有点后悔跟他走了这么远的路，他的四脚蛇并没有别人传说的那么神。

39

我问："你爸妈现在在哪儿？"

他说："不知道，他们可能死了，像电影上的特务一样，最后得死。"

"他们真是特务？"

"可能我曾听见他们没完没了地说话。你知道他们俩都去过苏联，我们家收音机是苏联的，还有唱机和我妹妹拉的那把小提琴都是苏联的。苏联专家来的时候，曾到过我们家，我有一张照片，是被一个穿西服的人抱着的，那人又高又胖，我记得我闻到一股酒味，我一看那张照片就能闻到一股酒味。他给我起了个苏联名字叫瓦西里，这名字从来没在我身上用过。我总觉得他抱着我时在想着另外一个小孩。"

取款的条子，填了两张才填对。窗口的大人问他都取了，他说都取了。又问他这么多钱，怎么没来个大人。他说没来。他抓过五百块钱和利息还是揣在右边裤兜里。回去的路上，我走在他和那堆钱的旁边，觉得自己陪他一上午什么也没得到，而他却用一个小本换了那么多钱。

"我曾卖过我们家的书和一块地毯，我知道这个存折，但总觉得用它还不到时候，现在终于把它换成钱了，我和我妹妹的生活要重新开始了。她还有三条连衣裙，两件衬衫。如果不够的话，就再做一件粉色的，那样干净，她本来脸就白，穿上粉的显得干净。我有一个叔叔曾经来信说想接妹妹到那边去，但我觉得没必要，她也不愿去，我们该在一起长大。你说五百块钱够长大吗？一天一天地花，花时间，花钱。

"……我从来没有过这么多钱，我觉得它够买一列火车的，灯火辉煌的火车，里边就只有我和我妹妹。它开起来，我们就看窗外跑动的树，停的时候我们就吃饭，随它开到哪儿去，就是别停，也别让另外的人上来。我们将等待一个新的时期，可以说是开始，也可以说是结束。

"……就这五百块钱了，我不知道怎么抽出第一张来花，买什么呢？一捆菠菜、一点肉馅；或者买点盐和白面；夏天我该不该买西瓜，也许吃点西红柿就不错了。这么多钱比我整个家都大，被人偷走了怎么办？该不该给我妹买根冰棍吃，她还在拉提琴，《开塞》第二十三课，就是哆咪哆咪那课。琴弦断了就断了，再花钱买。要不干脆别拉琴了，干点别的，用玻璃丝编钱包，我看见好多小女孩都那么干着。我还应该把她带到楼下来玩，骂特务崽子就骂吧，咱们九栋没几家能这么骂人的。

"……她肯定不敢下来，她胆小，有天夜里，她站在我床边吓了我一跳，我问怎么了，她说梦见爸妈死了，血溅在她的手上。我说死就死吧，谁让他们是特务的。我说这话时，她哭了……像一个大人一样默默地哭，没有声音。"

那天在楼下分手时，他并没有嘱咐我，别把钱的事说出去，他对我的信任，使我守口如瓶。再去他们家，我承认并不全是为了看四脚蛇，我不知道他过得怎么样，是否买了菠菜和盐，还有琴弦。我想知道那五百块钱是怎么花的，当然，我也想看看她妹妹。每次都没看到，她妹妹总是把自己关在里屋，没有声音，我大声说话时，也听不见里屋有什么动静。

事情被发现是好几个月以后了。

他爸妈没死，"文攻武卫"再次抄他家时，发现他妹妹早就死了，已经是一具很干的小尸体。

我陪他去取钱以前他妹妹就死了，干了。院子里的大人们说小女孩的尸体不会发臭。

他妹妹被拉走的时候，看见他站在那个窗口，我想起他说的一句话："……脸白得像一面镜子。"

笊篱天线

他从楼的那一头走过来问我，有没有一根橡皮管。那天太阳很毒，他用小拇指比一比，说这么粗。我说没有，原来有过一根，是大夫听诊器上的那种，后来用它做了个弹弓，弹弓丢了。他很失望。我说如果别的也行，我有一根笛子，A调的，中间裂了一个缝。他说不行。

我跟着他走过一排树，到西边的一个大垃圾箱旁。他开始翻找。不知要找什么，他放弃了彩蝶牌烟盒、猪拐，和画着兰花的台灯纱罩。他抓起一个破了的花皮球，用手在那道裂口中试了试，说有它就不需要橡皮管了。

他用棒子面和了半盆很稀的鸡食，然后在花皮球的裂口处接了一个小的塑料喇叭。他们家有四只鸡，他抓过一只捆上鸡爪，把鸡嘴扒开，喇叭的小头伸进鸡嘴里。他开始用花皮球的压力给鸡填食。我怀疑鸡病了。他说不是。他说看到一本书的残页上说

42

了填北京鸭的方法，他想在鸡上试试。

那些稀的鸡食，在花皮球的压力下，大部分喷在了他的手上，只有一点挤进了鸡嘴里。他不厌其烦地喷着，在鸡毛上擦手，过一会儿就摸一下鸡的嗉子。

又来了几个小孩，我们蹲着看他。他说如果每天可以填半斤食的话，这只鸡应该在三个月左右长到三四斤，如果是鸭子就还该重一点。

那只鸡被填死了后，他想了一会儿，从裤兜里掏出了一把刀。他说鸡有两个胃，一个叫嗉子，嗉子里有很多沙子帮助消化的。他还说吃饭吃到沙子不要吐，把它咽下去，有好处。他打开的鸡嗉子里的确有沙子，还有刚刚灌进去的稀玉米粉。他的刀顺着鸡的胸脯又切了下去。我们围近一点，看见了鸡的心——像一颗棕色的糖。他把鸡心托在手掌上，说这是唯一一块会动的肉，它现在还在我手心里动着，不信你们放在手里试试。我们依次接过了那颗心，都感到了它的跳动。

他对一个鸡肋上的脏器没有叫出名字来，其余的那些，都在水泥台阶上摆成了一排。他所说的肺只是一摊血的气泡。

蚂蚁很快就围过来了。

他看了看那只拆散了的鸡说，和人没什么两样，但如果把鸡头打开的话，就会发现不同，那里边只有一点东西。他找来一块石头准备砸那个鸡头时，我们不想看了，走了。

他一直和他爷爷住在二门五号，像一个在时间以外生活的人。从认识他起，每一个夏天他都心事重重地从我们身边走过。

43

他曾给我看过一块明朝的墨，说如果一个产妇吃了它会止血。有一次他把烟盒中的锡纸包在了牙上，逢人就张开了让大家看。一嘴的银光，上下咬动时，发出铿锵的声音。

那天，五十七中的红卫兵在抄过一门二号张仁焕的家后，一个带头的人爬到门洞上开始演说。那是一个住在八栋二门的人，他叫赵强，比我大三岁。在他演讲的过程中，我一直盯着他的武装带——一根真正的武装带。我一直梦想得到一根这样的皮带。把这种皮带举起来，可以打人，这是一种可以打人的皮带。我对着那根皮带愣了很久。

张仁焕家很多东西都破碎了。她奶奶跪在一堆碎玻璃上，嘴里说着什么。她爸爸在一只方凳上低头站着，那只方凳一直不停地摇晃。她最小的弟弟跑进跑出地看着这些，显得特别兴奋。

我的衣领被一只身后的女红卫兵的手抓住了，她年龄在我两个姐姐之间，眼睛很小。她问我什么出身，她准备打我。我说不知道。她说住几栋。我说九栋。她说臭知的崽子，现在给你机会，去把那只凳子踹倒。

我准备那么干，我觉得这没什么，在此前，我已经用石头砸过校长办公室的玻璃板。唯一的担心是凳子倒了后，张仁焕的爸爸会撞倒我。

这时他从二门出来，腰里绑了根很长的竹篙，竹篙顶端捆着一只破铁丝笊篱，笊篱上有一根电线通着他手里端着的矿石收音机，一副黑色的耳机戴在他的耳朵上。他走到人群的边上，边调着旋钮边看。

讲演的赵强和我们都看见了他。我不知道他现在正听着什么，反正那里边一定会有声音。我对他的随身天线很感兴趣，那个东西虽然长了点，但那个笨篱的想法真生动，它让人想起了书上介绍过的蛛网式天线。我走过去问他能听见吗。他说能，只是台有点乱。他摘下耳机让我听，我听到了有一组人在唱歌，有一个人在读社论。他说这是线圈没绕好，线头太多的缘故，还有就是空气式的可变电容器太小了，有点蹭片（我也做过矿石收音机，我一直把天线接在窗口上，地线接在暖气管上）。

当那根皮带解下来，铁头在我和他之间飞舞的时候，我觉得当时对那根皮带的羡慕和向往是个错误，它永远不会属于我……

那时，一个头上缠着绷带的人在院子里站着，永远是我崇敬的对象。房勇曾缠过假绷带向人炫耀说他和贺三打架打破了头。

我们俩在第二天的早晨同时出现在院子里，头上缠着不同样式的绷带。这样的一个早晨，院子里充满了悲怆的英雄气。我们两人成了大伙注视的焦点。

他走过来对我说，昨天那只鸡肋间的圆球是睾丸。公鸡的睾丸是长在腹腔里的。我不知道睾丸是什么，他抓了下自己的裤裆，认真地抓了一下。我马上说懂了。那是我第一次感觉到了学术的严肃性和献身精神。

我们没法就睾丸往下再说点什么。我问了他：你什么出身。他整理了一下绷带，按按依旧青肿的颧骨，说：烈士。

公　鸡

那时我手头的确有活儿，正在往一支弹弓枪上缠漆包线。我在一个月之前就得到了一副汽车内胎的皮条，我想做一支好弹弓枪。蓖麻都长成了，用蓖麻秆做子弹，打起人来特别疼。我对把人打疼，和自己被人打疼都有向往。

陈占来时，我正忙着。他来了，拿了两种笔和一沓纸。他几天之中变得像一个倒霉的中年人，开始与报纸广播密切起来了。

他说我都写了四次了，但还说不深刻，我实在不知道什么叫深刻。

我知道他的意思，想让我帮他写检查，但我更想把那支枪做完了。我一句也没提到他那只公鸡的事儿，是他说的，他说只要检查通过了，就把那只公鸡给我。

其实当时我很犹豫，我想在傍晚拿着弹弓到院子里去玩。时间并不那么富余，你们知道，一支好枪会给大家都带来兴奋。我同意来解释深刻这个词，是因为我是这个院子里真正写过检查的小孩，我知道大人们说的深刻是什么，我没法拒绝陈占。

在写之前，就用什么笔我们俩讨论了一下。我说用铅笔打草稿，由我写，然后，用钢笔抄一遍，由他抄。

我先问他什么出身。他说职员。我说不行，还有没有更坏点的，比如爷爷、奶奶是地主或资本家。他说不是，是普通农民。我说不行，要深刻。他说那就写地主吧。我写了，"我出身于万恶的地主阶级，身上烙有深深的剥削阶级的烙印"。我是用这句话开头的，这几乎是我写过的所有检讨的开头。

你们知道，他是因为看了黄书《三个火枪手》被整的，那就必须从复杂的思想这方面着手。我问他是否看过父母接吻，姐姐洗澡这样的事儿。他说没有，他说你知道我没姐姐。我说那从几年级就爱上女同学了。他想了一会儿说，在四年级的下学期，袁丽丽坐在他前边，他总是看见她脖子上的汗毛。他说你不知道袁丽丽身上有股花露水的香味。有一天他看着那些汗毛，情不自禁地吹了一下，袁丽丽回头了，他以为她会生气。没有，只是问了他一句，干吗？从那以后，他就没敢再吹。

你们说，这么件事如果写进检查中，会给人深刻的印象吗？我觉得他根本就不懂检查是什么，更不懂深刻了。我并不是为了那只洛克公鸡，从心里说，我是想告诉他这么写不行，我想告诉他大人所说的深刻是什么。

我把自己在五年级下学期干的一件事，借给了他，我借给他时，有点舍不得。你们知道，弄不清什么时候你又得写检查，这种事在检查中是有力量的，它们才是深刻。

你们可能认为，把一桩劣迹借给别人，是干坏事，但我从来不这么想。一个人必须有所储存，好事坏事都得储存，说不上什么时候就用上了。你们肯定也都发过言谈过思想。什么是思想，在我想来就是把坏事和好事用相应的比例调配出来，端给别人看。思想不是隐秘的，也不必特别真实，但要做到可信。可信的佐料是坏事，不是好事，在你的思想中加的坏事越多越可信，这分寸很难把握。当一个大人问你要深刻时，你就要多加一些坏事，不是那种寻常的坏事，要有想象力，能够刺激他，让他觉得新鲜，就是咱们学写作文时说的奇思妙想。对！这东西像块石头，不太大，不能伤害你什么，但要准，要打中，你知道那股劲。

我借他的那件事儿是我小学五年级的经历，但我换了他和袁丽丽的名字。我这么写的：我在上小学五年级时，有一个夏天，班里大扫除。我去院外倒脏土，从一楼看到了在二楼擦玻璃的袁丽丽，我从她裙子下边看见了她穿的粉红色的内裤（对，我用内裤这个词，我觉得裤衩给人的感觉缺乏力量）。我后来借扫土的理由，在一楼来回走了几趟，每次都看见她的内裤。这是我复杂思想的一次大暴露，如果说第一次是偶然的正常行为，那么第二次第三次就是故意的流氓行为。我这么写完后，看出他非常不情愿。说心里话他根本就不懂什么是深刻，他如果不这么写的话，检查十次八次都不会通过。

我劝了他，我说没有一个人会把这个检查中的"我"当成自己。你应该这么想——这是一个他们要求的人，他们和他们的准则需要一个这样的人，这个人暂时需要你来提供。你用一些作料拼凑一盘菜，端给他们，让他们吃下去，让他们把你打发走。一个人真写检查时，要带着阶级感情，把自己当另外一个人来骂，要骂得充满激情。这就是深刻。你必须过这一关，否则你很难在今后的生活中平静下来。

其实，我自己为自己写的检查，比他的语气要更厉害一些，我不在乎。你必须与读检查的人有个默契，你该表示出尊重他

48

们，服从他们。你随时准备撅起屁股来让他们踢。这样的你并不比谁低。当他们觉得你写得深刻了时，你心里一定会骂：一群大傻×。我觉得这样没什么不好，这不是一个荆轲的时代，我们比的是智力。

我没想到事情会发展成那样，我觉得这些新上来的读检查的人过于认真了。他们何必根据一个小孩的话就判断他的父母欺骗了组织，隐瞒了家庭成分。他们远离了读《三个火枪手》这件事，他们也抛开了最初对深刻的要求。他们接到一种态度就该收兵的。这些人比我遇到的那群要傻多了。

他是昨天下午跳的楼吧？三楼，腿摔折了。这是为深刻付出的代价，我明天会抱着那只公鸡去看他。你们大家别这样看我，这不是我的错。

水

那猪冲他笑了一下，抢过只烂土豆，在五米之外，清脆地嚼着。

太阳挂在熟悉的位置，队里没有了人。他把锅炉里的水加满，封好了火，抱了只篮球到水房门口的球场上，往那只歪了的篮筐里扔球。篮板中间有两道缝，投下球，整个球架就不住地颤抖，像挨打。

那球不断地被扔出去又弹回来，他看到远处的一行鹅，就抱起球闷闷地砸过去。鹅群大乱，张开翅膀，伸直了头颈奔逃。他慢慢地把球捡了回来，再向水房走去。

今天没有信可回，也不会收到信。

今天没衣服可换，也没的可洗。

他把篮球坐到屁股下，看一群鸡觅食。

"他妈的，队长瞎了眼，会点到我来烧水。活儿倒是一等活儿，比在大田里铲地自在多了，可就是闷得慌，一天见不上一个人说不上一句话。"

他把这些话很响地说出来，说完了像是别人说的，他看了看四周，没有人。

那群鸡愣愣地看着他，一只鸡，两只鸡，三只鸡，四只鸡，五只鸡，只有一只是公的。地上总有吃的，那些鸡整天地啄，让人看着够累的。

"铲地倒是累，可男男女女在一起，累也舒服。"

那公鸡看了他一眼，然后向一只花母鸡靠近。

放了工，大伙儿救火样地到水房来打水，有的看他一眼，有的看都不看他。半个多月了，他好像消失了，变成这一早一晚要打的两次热水。

公鸡的冠齿一高一低地跌宕下去，脖子上的毛有一种质感的光。他摸了一下自己的脖子：干燥的，有一层密密的毳毛。"喔！"公鸡挺起了脖子叫了一声，最后的尾音像叹气。

他也不由自主地呼了口气。越是没有人的时候，想她想得越泛滥得不成样子。他把一只手伸啊伸的，终于做成个懒腰，然后向着太阳闭上眼睛。

半个月了，她天天最后一个来打水，瘦瘦的影子，从水房的破窗户外闪一下，就进来了。

拴好了桶，慢慢地把辘轳放下去，把辫子往身后一甩，两只手用劲地把桶摇上来，一只手扶住辘轳把，一只手再去接桶。这时，他会走过来，帮她把桶拎起来，然后举进锅炉高高的进水口，哗的一下倒下去，然后，她接过桶去接热水。从第一天烧水起就这样，他们没说过一句话。

公鸡再次靠近那母鸡，翅膀折扇般地落下又收起来，母鸡不住地躲避。

"妈的！今天要跟她说话，就说'我喜欢你，咱们交朋友吧'。"有什么可怕的，上海的那帮子，讲用归讲用，谈思想归谈思想，搞对象归搞对象，晚上一对一对像搞地下工作那样，碰个头便走在一起，麦场、粮库、矮树林子，一通乱跑。有天晚上，他回来晚了，在矮树林子里蹬着了一对，白白的身子贴在一起。恋爱这种搞法，他很震动。

那公鸡完了事儿，抖着身上的毛，一朵很小的白绒毛飞起来，被太阳照出好多种颜色。

听说她没了父母，和哥哥嫂子一起过，看得出来，不爱说话，不疯。要不是这半个月烧水，他绝不会对她有一点印象，他喜欢这样的女孩子，没结婚就像老婆，稳稳的，放心。

"今晚跟她说话，跟她交朋友！"

他喊得很响，把那朵小白绒毛吹得老远。篮球惊奇地滚了一下，他坐在了地上，慢慢爬起来，站直，一脚把球踢入鸡群，鸡叫着飞走了。

还要等一个白天。

她拴桶的时候，那双白白的手上像长了眼睛弯来弯去地看他。他真想摸一摸那手，或让那手摸一下。水接满了，她一只手拎着桶走出水房，走过他的后窗户，腰一推一送地扭着，扭进他晚上的梦里。他觉得她是故意扭给他看的，那送来送去的屁股，看得他想跳井。

"还要等一个白天！"

他大喊一声冲出水房，把那只偷吃的猪吓得飞跑。

"天大地大不如党的恩情大，爹亲娘亲不如……"

声震八荒，气沉丹田，饱吹饿唱，他得找点食吃，而后，把整个下午睡过去，等她来。

躺在铺着草的铺上，看没有天花板的房脊，横七竖八的秫秸秆随心情可以拼出各种图画来，他找到一个三角，又一个三角。他要克服打鼾，将来他和她要一起睡觉，打鼾会破坏感情。整个下午他没打鼾，也没睡着。

下工像战争的溃退，铁器的声音，拖着汗臭的脚步。第一个人跑过去了，回宿舍拎着桶来，拧开龙头，哗地接一桶水拎走了。一桶接一桶，锅炉里干净了，再来的人自己摇，倒进锅炉里换出一桶热水。熟悉他的，因花了力气，边摇水边骂他：

"懒×臭虫，水也不给足了。"

若在平时，他要对骂，今天他没还嘴，一支支抽自卷的"大炮"，抽到后来只觉得那冒着烟的"大炮"在抽他，抽得他心慌。

不就是一句话吗，只当在梦里说的。他抬起头在房脊上找到一个很规整的三角形，而后，扔掉烟头，用手指抹掉一撮沾在唇上的烟末子。

她该来了，可还没来。没来也好，明天再说，跑不了她的。他站起来，抖掉身上的土。她进来了，一点声音也没有，像猫脚。

依旧是拴桶，放辘轳，辫子甩到身后，两只手一推一拉地摇。他走过去，把桶拎上来，解了链子，举到高处，哗地把水倒

53

进锅炉，然后接水。

水流到桶里，开始的声音很低很空，咚咚的，砸在他心上。他觉得这时候说话声音会抖，会被水的声音盖过。等一会儿。

她身上长出了好多的眼睛，一动不动地看他。

水哗哗地在流，桶里的水跳舞样地抛出各种姿态的手，像一段不断加快的西皮流水，《红灯记》什么的。

他觉得此时有一支"大炮"捏在手里，可能底气会足一点，他突然想坐一会儿，或者他妈的走出水房。

水哗哗地在流。

说呀！不说就跳井。

"我有一句话想和你说……"

声音在水房里奇怪地嘹亮，不像嘴说的，像是耳朵说的。

她脑后的辫子动了一下，没有回头。他是在跟房子说话吗？

"我想……我……我……"

龙头里的水越流越慢，在他说"想"的时候，水停了，他也停住了。她像在等着，他也在等着，等他妈什么呢？耳朵为什么不出声了？

她站了一会儿，慢慢拎起桶来，走了。

他站着，站成一座没有水的锅炉，没有水，也没有话。他知道此时，她从他的后窗户走过去了。

"妈的，跳井，跳井！"

他倒在铺上，房脊凌乱的线条，怎么也拼不出一个三角来。

关键的关键是在关键的时候水龙头没水了，没有水他就说不出话来忘词了。对，忘词了。有多大眼现多大眼。她为什么不表示一下呢？没有表示也许不愿意，不愿意算了，正好没说出来，没说出来不掉价儿，从今后不想这事了。谈恋爱真难，要有勇气，不是裤子一脱的事，妈的，认尿。酒壮尿人胆，也许下次该喝点酒，然后站在她面前，很平静很自然地说，不看她的眼睛。她肯定会答应。也是白白的身子，白白的月亮，白白的太阳。

第二天，他一天没精神。

在用篮球打一只飞跑的耗子时，球弹进了井里，他放下去一只筐，一个多钟头才把球捞上来。破筐打水，捞上个球，他说出这句话，并没有笑。

他没精神再打水，锅炉里的水只灌了五只桶就没有了。后来的人都骂他，他也骂人。

她来了，拴桶，摇辘轳，他依旧帮她倒水，而后，倒在铺上看房脊。

她走了，他趴后窗户看了一眼，还是那个推来送去的胯骨。他只看了一眼，水房便被那胯骨摇得天旋地转。

过了三天。

第四天，队长告诉他，夏锄要结束了，再烧一天开水，明天回排里劳动。

还能一对一地看一回，话是不会说了，说了也未准同意。这些天，他一看到龙头流水就想撒尿，尿了半天又尿不出来。牲口棚的王头说，许是上火，找个猪苦胆吃吃。他没吃，觉得够苦了。

她很晚才来，在窗外晃了一下，人就进门来了，真是猫脚。

今天，她桶拴得很慢，也放得很慢，待桶摇上来，他把水灌进去，水就接出来了。他看不了那水龙头，回到铺边上，坐下。

他觉得她在看他，他就抬起了头，她的头就低下了。

水流的声音空空旷旷，抽干了血似的，他卷"大炮"，划火，点烟。

她站在门的亮处，一头好黑的头发，瘦瘦的身架像一棵木本的花卉。

桶就要满了，他知道，走就走吧，谁也忘不了谁，准是这样。

她又在看他，他知道，没抬头。

水停了，不见她拎桶走，她还看着他。他抬头时，她的嘴正好张开，木本的花一开一灭。

"那天，你说的那事……我……我要写信回家商量一下。"

他撒了一裤子烟末，看见那双眼睛如近似远地看着他。水房停止了喘气，他突然觉得那架他天天用的辘轳架一下老了下去，他还年轻得很，在一个傍晚有姑娘同意和他好，并且要回家商量一下。他很着实地点了下头，把她的目光捧在手上，又点了下头，闷闷地说了句："行！"

水漾出来了，流到他脸上，脸上湿了。

她关了龙头，拎着桶走了。

他站着，看着那座锅炉。

夜猫子勾当

"看！你们看！看呀！

"狗！黑皮！黑皮！狗！"

狮鼻挥着一只炉钩子，指着窗外。

没有一个人从午睡似醒非醒飘飘欲仙的艰难劲中让头离开那条沾上了口水的枕巾去响应他高呼看狗的号召。

"那狗戴着一条乳罩！"

乳罩爆炸了。所有半开半闭的眼睛都被揪到了窗口。

雪地上，那只被叫作"黑皮"的狗，胸前或者说两条前腿的上方，绑着一条白色的女人用的乳罩，黑皮在宿舍区前威武地走着很花哨的步子。他是条公狗，现在的性别有些混乱。

狗和乳罩，这是一个粉碎想象力的场景。没有人说话，对这一情况，能说出什么来的人还没有出生。

黑皮有一身脏毛，它是一只半野狗，被知青饥一顿饱一顿地养大。现在，那条白色的纺织品在那堆黑毛中间高耸着，很新很白，雪一样的颜色，空空的，盛满了十六岁少年人梦里的一种什么。

我们突然感觉到都在同时嚼一只苍蝇，细细地嚼着，并且要咽下去。狮鼻挥了下炉钩，又挥了下炉钩。我们想把眼睛收回来，但不知把眼睛放在哪儿。白雪地上，这只黑色的狗看着我们。

"鬼！"

"妖怪！"

"他妈的谁干的，把它轰走！"

大家同时吐了口口水，冲下炕，稀里哗啦地找鞋，开了门拥到宿舍外边，胡乱捡些东西向黑皮砸过去，黑皮仓皇地边躲边跑。女宿舍门口已站着一尊尊愤怒的石头，那些脸悬崖般地拖了下来，两种性别的阵容平静地对峙，像一万年不会开口的地貌。

"流氓！"

不知哪一个性别的队伍里爆出了一声。

黑皮向苍白的雪野跑去，背着流氓的名字。

我猜不出这是谁干的。

男性兵团战士先溃退了，一半是寒冷，一半是羞辱，这不是出风头的时候，没有谁愿意在雪地里多待一会儿。

宿舍很温暖，温暖得沉闷，煤在炉子里啪啪地响着，每个人的目光一相遇也会啪地响一下。猜测，疑问，使谁也不愿看谁一眼，闭上眼睛那片白色的东西泛滥成无际的雪原，雪原上长满了雪毛。

"鬼！"

狮鼻哗地往炉膛里加了一铲煤，一股黑烟腾上屋顶，一条条丝状的蛛网荡来荡去。我掏出一副发黏的扑克，噼里啪啦地洗着，没有人响应。

整个下午从坟墓般的死静爬过去了。

晚上，大家很齐心地喝酒，吼样板戏，洗澡搓背，像相约好了，只要有一个人说一句极平常的话，大家便傻呵呵地一起咧嘴笑。吃完了，洗完了，拽出桌子打牌，摸来摸去，出牌时把桌子拍得山响，然后，往输家头上压枕头，三个五个地压，有一种沉重的轻松感，谁也没提那个事。

八点多钟，夜猫子才回来，进了屋拿着我给他留的饭，呼呼地吃得万分热闹。他中午就没回来吃饭，妈的哪儿去了？

夜猫子从小跟我在一个机关大院里长大，不爱笑，也不哭。鼻子上有一副很重的眼镜，重在镜片上，厚厚的，从侧面看到一环一环的涟漪，两只眼睛在涟漪中间，和人家说话时像隔着条河，我想是眼镜的缘故。

"现在广播一个偏方。"

他吃饱了，拍着肚子，在屋子里转悠。没人听他的，他每天即兴广播一个治阳痿的偏方。

"从一连到七连的第九根电线杆子底下，揪三两黄草，碾碎磨粉，而后配上三九天的阳土，搅匀，用屋脊瓦焙干，冲水喝，有金枪不倒之效。"

"去你妈的！倒不倒也是闲着。"

有人骂他。

说夜猫子爱说脏话，不如说爱逗别人说脏话，我曾经很厌恶他这一点，不过毕竟他是和我一起长大的。

"现在广播一个……"

"得了，得了，烦不烦，没能耐你给我拉帮套去，是好小伙子都行。"狮鼻拿炉钩子打了夜猫子屁股一下。

"烦？有不烦的，谁想看不烦的跟我走！"

没人理他，继续摸牌，拍桌子，笔直地顶枕头。

快十点了，我出完了牌，趿拉鞋出去撒尿。夜猫子跟着出来了，一起往墙根做动作，边尿边打哆嗦。

"咱们上四号库掏麻雀去吧，我新买了电池。"夜猫子跟我说。

"不去！"

"梯子我都找好了。"

"不去！"

"那明天你别吃。"

"吃！"

"臭不要脸，去吧！"

我本想把下午的那件事讲给他听，话到嘴边，打住了。不愿讲，恶心！睡不着觉！

"去吧！"夜猫子在求我。

他妈的睡不着觉！我们刚来的时候十六岁，现在五年过去了，白馒头揣的，麻袋压的，一个个像被炼过了一回，结实了，熟透了，没事干，什么事都敢干，才会有今天下午这事，真是

60

"鬼"！

"你打电筒，我掏还不行？"

我没理他，回屋拿了皮帽子，找了副破手套，出了宿舍。夜猫子揣了那只四节的电筒紧跟了出来。

我觉得雪地在夜里是醒着的，白白的一片，像一种心境的铺展，脚踩在上边，咯吱咯吱的声音，比什么都丰富，像踩在思想上。我曾经在夜里一个人走过二十多公里路，碰见了狼，狼没吃我。

夜猫子摁亮了电筒，把光打向天空，光射得挺远，像手臂的延伸，在有星星的天上摸来摸去。所有的天体都冷冰冰的，星星是一种最无情的东西，我现在看的每一颗星星都是小时候见过的，它也认识我。它在宇宙间的任务很简单，就是他妈的睁开眼睛看，看这看那，看你哭看你笑，然后，挂在天上，摆出一副什么都理解的样子，狗屁。

"把电筒关了！"

四号仓库在雪地上黑黑地蹲着，喘着气等我们来。我总有种感觉，一到晚上死的东西都活过来了，而活的东西都死了，睡觉也是一种死。

夜猫子快走了两步，指给我梯子的位置，是我们用过的那架人字梯，我们可以同时爬上去。

"把电筒给我。"我大声说了句话，夜猫子"嘘"了一声，然后，把电筒递给我。

"别把鸟吓跑了。"

夜晚的梯子还通向夜晚，当你爬上去的时候不在地上也不在天上，在半睡半醒的夜里，就这样。

　　梯子正对着一扇窗户，夜猫子爬到与窗户齐时不爬了，定住了脑袋往窗户里狠狠地看着，眼睛放出各种各样的光，夜晚真是生长神秘的土壤。他不像来掏鸟，我推了他一下，他呆呆地醒转过来，挥了挥手，让我往窗户里边看。

　　窗户里有两个人。

　　紧紧地搂着，是一男一女，在成千上万粒麦子堆起的平面上，头贴在一起，天地小到只在两张脸的中间了。

　　我突然觉得冷，孤独害怕兴奋脸红心跳想撒尿。他们在亲嘴，是真的亲嘴。星星能看见吗？我不是星星我不该看。那两个身体不断地扭来扭去，放出一段一段电光在我眼睛里短路，失魂落魄，黑黑的夜失魂落魄。哗地一晃，那女的白白的胸晃了出来，白得像两把剑，凌厉地杀我。那男人的头发在剑光中游泳，黑头发黑毛黑皮。我突然很空虚地想飘到雪地上去，想在整个黑夜的怀抱里靠一靠。我需要力量，我拉了一下夜猫子的手，慌乱地溜下了梯子，站在地上。

　　夜猫子没有动，僵在那里收缩着筋骨，两只眼睛像夜里明亮的河流。我推了下梯子，他依旧不动，我猛地把梯子推倒了，回身向连队里飞跑。

　　连队在哪儿？那个我十六岁就来到这儿的连队，此时像是很远，跑不回去了。雪地起伏，有闪起的白剑光，向我刺来。有一个男人和一个女人在一起，我看到了，他们在一起都愿意，他们

62

有另外一种晚上，那个晚上没有我。我看到了女人的胸，两大碗盛着七十度老白干的酒，我也要，我没有，是谁给黑皮戴的乳罩……

我一头栽到炕上。那一夜有很多兵器杀得我一连串的梦只是疼而不见血。我遗精了。

第二天，大家在一个角落里看到了黑皮，它身上残留着一条很脏、很烂的白布带，那条白布带使北大荒的后三年变得很污浊。

夜猫子依旧在晚上出去，我不再给他留饭。我想那天晚上是他有意要我去看的，那天下午的事肯定也是他干的，后来发现他有收集女人用品的疾病。

夜猫子确是和我一起长大的。王八蛋。

白　雨

　　我说出的那句话空寂地飞行着，在屋子的那边落下来。他没听。

　　灯光在每时每刻地暗下去，他不认识一样地开始流泪了，没有声音，双肩在抖，整个人开始瘦成一把骨头。

　　"那是真的?"

　　声音很远地夹在抽泣中间，像另一个人说的。我用好长的时间点了一下头，那头的最后停顿，碰了他一直悬着的心脏，他抖动着手里的信纸，把它抖成一方白色的飞毯，驾着离开了我。不管到什么地方去，他要离开我，没有目的，或者说没有感觉，没有感觉到哪儿都一样。他是全异的，每一个都是全异的，因为气味不一样或者手紧张的姿势不同等等。他走了，影子留在我面前看我。我终于敢伸出手在他曾经湿润的脸上轻轻地擦了一下，然后把那微咸的水抹在舌头上。我想他不在也会知道，我向他道过歉了。

　　那个下午，我都在与无聊作战，我的眼睛离不开一只残破的碗。那碗伤得很厉害，斜倚着喘息，一直盯着我，静穆中有一股杀气。我找到碗边一个锋利的缺角，很薄，很嗜血的样子，它会把我身上的一处皮肤割破，也许要两下才能割开。刚破的伤口是白色的，而后慢慢地浅红，再后来是疼痛和红色的血液一起到来，也许疼痛稍晚一点。我把掌心试着全压在了上边。不对！该是疼痛先来，而后由红色来安慰伤口，接着呻吟或大喊一声，像在最无边的原野上，把气都叫出来。这个下午，已是下雨的第七天了，"七"这个数字非常中庸，不令人沮丧也不使人兴奋，数到七时正是没有感觉的时候。我在方圆十几里的大草甸子上喊过，也撒过尿，就我一个人，非常放松地尿着，边尿边喊，身体像充满了氢气，我尿出来的都是青青绿绿的草，青青绿绿的草没有时间，没有下午四点钟。我勇敢地在那个破碗的缺角上按了一下，血流出来，整个下午都被杀死了。

下雨的时候，他偏要出去踹泥，然后回来爬上上铺把那两只泥脚悬下来，展览土地，让那些黑色的浆状物由湿变干，将时间有形地演绎出来。我知道他总是在那些起伏滑润的泥土里得到快感，他比我们所有的人都大三岁，但比我们都瘦小。他肯定做过那种梦，我看见他晾的床单上有很多匹奔跑的马。没有一个女生会爱上他，他身上有很多很多虱子，把他的皮肤咬得很白，白得像那种要飘飞的纸，一张飞不起来也落不下去的纸。对！我需要一张，不是包我的手，给他写一封情书，确确实实写给他的。我讨厌雨天，讨厌在雨天他垂下来的泥脚。

亲爱的T:

　　你这小伙真不错。俗话说浇花要浇根，交人要交心。今天，我要把心里的好多好多话都告诉你，只告诉你一个。虽然这话我梦里说了不知多少次，当今天真要把它说出来时，我的心在跳，因你不在身边，所以你没法来摸一摸。海内存知己，天涯若比邻。远在天边，近在眼前，天下小伙千千万，我独爱你一个，你像天上的月亮无比新鲜。你天天都能看到我，不知你注意没注意我的眼睛。那一双像没有人迹到来的湖水般幽蓝的眼睛。啊！你不能辜负我的一片痴情，不能抛弃我。哥啊！哥啊！妹像山下小河淌水清悠悠。如果，你也爱我的话，请于十日下午一点在场部供销社门口相见，我右手拿一张《兵团战士报》。

他读信的那天雨停了，他的脚上不再有泥，但依旧悬下来，脚指头很优美地笑着。那张瘦弱的信纸被他拧来拧去，轻快地呻吟。

"水永远不会老！"

他突然在宿舍里大声说了一句，然后坐起来，在电灯泡前笑了一下，将手在空气中兴奋地抓着一种舞蹈。他看了我一眼，目光很辽阔地穿过我，穿过墙，我想他的心境此时肯定在落日的那块地方。他妈的，人在兴奋时是粉颜色的，油腻腻的像个暴发户。

后来的三天，宿舍变成了洗衣坊，到处晾着他的胳膊、脊背、头颈和肚皮，他把所有的衣服都用开水煮了一遍。他身上像长满了嘴，有说有笑的。在展览他的全部内外衣裤的同时，他就赤裸着展览身体（他不再有衣服了）。他很坦然地把整个宿舍当成伊甸园，而他就是那个亚当，他吃了唯一的禁果，等待着做一件惊天动地的事。

我们都死了，裹着被子看着他在地上走来走去，看着他白而嶙峋的身体，我骂了一句"虱子的巢穴！"他没听见，他连自己说的话都听不见了。我突然很后悔给他写了那封情书，妈的，他乐了三天，我们却像傻呵呵的观众在被人调戏。我对着一只耳朵把情书和约会的事讲了出来，于是，很多只嘴和耳朵串起来了。整个宿舍变得比他还焦躁，大家拼命地喝水，拼命地往墙根撒尿。很快，全队三百多知青都知道了这次约会。

那个中午可以在任何时间、任何地点、任何情况下从记忆中挖掘出来。

他出来了，像一棵蓝色的带着夏日阳光的会走动的树，他走的每一步都发出声响。围着供销社四周宿舍的窗户都打开了，三百多双眼睛眨动发出很大的响动，像在吃东西，眼睛在吃东西？他像个英雄，岳飞、陈胜什么的。刑场和约会是一回事吗？死和爱都那么惊心动魄。他只管走着，拨开一束束目光的箭，没有知觉，他身上穿着那种什么也穿不透的铠甲。

他站定，到了，把目光停在供销社门口。一只花狗在他左边卧着，这个中午在它的皮毛上神秘地弥漫着，一块黑，一块黄。

他站着。一个老妇女托着一只盛满了黄酱的碗从他身边走过，转了两圈，然后，回身喊了一声狗或者牛的名字，一个小脏孩子跑了出来，他们走了。他站着，背对着我们的窗口，站成一座石碑，上面镌刻了许多不认识的字。我看到过一种白色的草，像太阳的亲属一样在一片草甸子上泛滥得使一种心境空寂没有着落，那片白色的草在记忆之外另一种感觉中存留着。此时，在他的脚下平静地铺展开去，他确实是一棵蓝色的树，在白色的草上茂盛得使天空暗淡。没有人敢去注意另外的二百九十九双眼睛，我知道他们的眼睛此时和我的一样，怕那棵树呼地燃烧起来，把我们的眼睛烧成空洞。

他还站着，在我已有的感觉中，有一种对时间的记忆，像看地平线上一块最孤独的岩石，它是飘浮的。暮色将临，这块时间的石头孤零零地醒来，在最广袤无垠的平原上信步，你可以听到一种语言从地心传到脉搏里，只有此时才能感觉到生命。

我在窗户后边慢慢萎缩下去，怕他回头，怕他的目光将我射死。

他还在站着。一片预谋的乌云飘浮上来，白昼在很多时候显得无可奈何。我想起昨天晚上，他在上铺突然坐起来，披着那片空荡的白衬衫云一样地飘下来，他走近我，睁着一双水银似的眼睛，说："我做了一个梦，我在一堆牛粪上走了很久，我的鞋被一群鸟衔走了，你有一双能飞的鞋吗？"当时，我真想告诉他：明天别去了。他看着我："我不在乎有没有鞋。"后来他爬回上铺，把两条腿垂下来，一直坐到天亮。

68

他还在站着，那云进一步地黑下去。在我嘴里此时不断地喷射出一句重复了一百遍的话，这句话被我反刍成一只很恶心的虫子，我身体里爬满了这种虫子。乌云庄严地在他的头顶上，像一片宇宙的干预。我扶着窗户，跳到窗台上，在一阵风中跑到他面前，我看到他透明的脸，纯净得像杯水。

"回去吧，那信是我写的。"

他没看我，依旧盯着供销社那扇丑陋的门。那扇门抽搐着，随时有坍塌的危险。

"回去吧，那信是我写的。"

他很陌生地看了我一眼。

天更暗了，他脚下的土地在抖动。我看到那些敞开的窗户中，眼睛一对一对地熄灭，太阳退缩成一纸模糊的白色，地平线在目力所及的地方悄悄地抬起身躯。我听到他的骨头在响，在渐渐地石化，在透明地发光。人是不是自然的一部分？思想是什么？万物之灵？却没有草的语言，没有猫叫春的语言，人只是人吧，只是我所看到的那种肮脏的样子。

"回去吧……"

"你别在这儿，她不敢来了。"

"回去吧，她不会来。"

"你别在这儿！"

他狠狠地推了我一把，转过身去，向所有的窗户喊着：

"这干你们什么事？这和你们有什么关系？你们想看什么？这儿没有我站的地方吗？我应该到原野上去与她相会，应该面对一块石头或一棵草。"

"她不敢来了，她不敢来了！你们也不敢，不敢站在这个地方干自己想干的事，你们只配在夜晚手淫，你们不如这只真实的狗。"

他张开了手臂，向天空一指，他飞走了，头发旗帜般地飘扬着，天空为之兴奋，雨哗地浇了下来。

此后，我们俩都睡了三天三夜，我们俩都哭过，我们俩都知道彼此都不会忘记这次约会。

毫　毛

现在一切都是小事儿，我等着他的手指开放。

他嘴里冒出的烟，滞留在我俩之间，久久不散。那下边有我
已经摊开的牌，三张 K 一对 10，整齐的"福尔浩斯"，像一组稳
定的星座或堡垒。堡垒旁是我最后的一百二十元钱和一块上海牌
手表。他的手指像条水蛇样在牌上流动，四张明牌 J、Q、10、9
被他重新摆了一遍遍后拿起暗底，在 Q 的背后推了一下，翻开摆
好。是张 K，准确地说是张唯一的 K。那 K 手持的宝剑挥了一下，
我的心口揪紧而后流血，血流进眼睛使一切模糊。

他把钱拿过去，又拿起手表在耳边听了听，随后，戴在已有
十三块表的左胳膊上。他的整条左臂像被金属捆绑着，十三块表
加上我的那块像一队囚徒，整齐地排好，他随意挥洒着已被认定
的时间。一朵烟沉降下来，露出他的脸，那上面的疲倦，像块茂
盛的荒草地，从荒草中透出的声音嘶哑而干燥。

"你又被打立正了。"

我站起来，抓过皮帽子，走出满是烟雾和眼睛的房间。

外边清冷得陌生，夜像块磁石吸引我，深入时暗处又变得远不可及。地上没有影子，我轻松地走着，时间已留在别人的胳膊上了。

那天和他去五本大队，也是这么个夜，我揣了三十块钱，他说够了。一路上的踩雪声像在破坏许多玻璃。走近那座院子，狗叫得人肺腔子疼，他扶着柴门，嗷地喊了一声。好久，一顶狗皮帽子钻出房子，来开门。我马上附在他耳朵上："有二百块能回家就行，别太恋战。"他像没听见，跟着迎过来的狗皮帽子往里走。

屋里有很浓的陈年咸菜味，炕烧得很热，铺盖卷在一头。我和他各自坐在一张狍子皮上，像使者或是骑着牲口的将帅。开始洗牌，狗皮帽子的对家坐着一个假眼人，他那只假眼炯炯地盯着我胸前的扣子。假眼人和他玩儿，我和狗皮帽子轮流当发牌人。第一轮牌，假眼翻开一张黑桃A，接着放下十块钱。他翻出张草花10，摸出十块钱也押上了。第三轮牌后，假眼已亮出两张A，并放下了二十块钱。他捻出牌来看了一眼，把牌收起不再跟进，第一盘输了。

第二盘，我们赢了三十块，他放钱时很谨慎，他知道手里有多少本儿。

夜里三点时，我估计他赢了三百块左右，他把一堆小票子放在胸前，把十块一张的放在帽子里，顶在头上。

假眼人的假眼毫无表情地瞪着，没有一丝疲倦地注视着我的扣子。他从怀里掏钱像做着一种开胸手术，放下的钱要在他的指间留恋很久。我使过几次眼色，想催他走，他沉静地看牌，放钱，手指还是那么美丽地开放着，不理我。

假眼亮出了一对 K 一对 J，而他的明牌是三张 10 和一个 A。他摸出一百五十块押了上去。假眼的汗水从假眼旁流过，像泪水一样滴进胸口。我知道假眼是一副"福尔浩斯"，三张 K 一对 J；我也知道他绝不是四个 10，那张底牌只是个小小的 8，是我第一轮牌发给他的。假眼的汗水落在炕上吱吱地冒白气，右手始终在胸口按着。他平静地抽着烟，脸在烟雾背后，像座幽远的山。假眼闭上那只好眼，让假眼在这间房子中审视，它还是一动不动地盯着我的扣子，看得我的心里像中了无数箭。狗皮帽子把帽子脱下，他的头上冒起红光。

假眼终于抽出右手，缓缓地把牌合上了。

他收过钱，把牌合紧，交给我。

又玩了两盘，他输出去三十几块。然后他站起来，说是上厕所。赌钱的规矩，不玩儿了，输家说了算，或是事先定准时间。他藏好帽子，桌子上还堆着些零乱的小票子，开门走出去。

那只假眼终于改变了方向，一只真眼对准了我，这只像秋天的湖水一样清澈，我仿佛能一下子看进湖底。这只眼很漂亮，长长的睫毛下藏着很多话，这眼睛不是赌徒的眼睛，它太一览无余了。但此时它又像湖边烧起了篝火样燃起了凶光。

等了二十分钟，那扇门没有再响一下。

我把腿搬下炕，离开坐着的狍子皮。

"我出去找找他，别掉屎坑子里了。"我对着那只假眼说。湖水转向我，那其中已是漫天大火，火冲着狗皮帽子泛滥过去。

"我跟你一起去。"狗皮帽子戴上帽子，跟着我。

夜的轻松使人迷恋，我抬眼看星星，呼出的白气使我的喘息变得有形。

狗皮帽子在两步外跟着我，手里拎着根锹把，这使我的处境变得极为壮烈。我走出柴门，在一堆草垛前动作开来，哗哗的尿浇在白雪上钻出一孔黄洞，我突然觉得心胸很透彻，全身的浊气流泻一空。

转过身时，已看到他用家伙顶住了狗皮帽子的腰。

"回去跟假眼说我玩累了，改日再玩儿。这五十你拿着。"他从帽子里摸出五张票子，塞在狗皮帽子的脖子里。

"别就这么走，给我屁股上来一下，见点血。"狗皮帽子转过身去。他用家伙捅了一下，狗皮帽子跛着走进柴门。

回连队的路上，他盯着雪地飞快地走，而我的目光总被星光诱惑，不知哪颗星下有我遥远的故乡和被称为家的那种东西。第二天早上，他递给我五百块钱，让我带着奶奶好好看看病，回来时，多带几副扑克牌。

夜，在你感受她时她是那样新鲜，她的气味和脸色，星的位置和纤云的发丝，无月时的神秘和辽远，使你感觉无依无靠。在你不感受她时，她陈旧得像一方亘古不变的铁，你听到的声响是她体内发出的声音幻觉。现在你可以闭着眼走回自己的床铺而后躺下，入眠时，夜被你缩小在眼皮后面。

原想今天赢点钱，明天回家去，现在输光了，甚至那块该一辈子跟随我的表。

两年来他不间断地玩着牌，他的手指越长越长，打开时像个拉琴人的手，指尖积满了忧郁和敏感，指纹内已布满了眼睛。他给人的感觉像在一片烟雾之后，伸出手来，等你把口袋掏空，把钱放在他手上。

第二天我去时，狮鼻和他赌得正酣。狮鼻亮出了三张 J，而他是三张 K。他看了看狮鼻胸前的票子，押上去二百块。狮鼻静静地坐着，过了很长时间，拿起自己的底牌看了第三遍，是张 J。狮鼻开始数钱，一百六十块，钱不够。他坐着，烟从他嘴里吐出来，而后又向他的脸上飘去。他的定性是那么好，不管什么时候，他都像个物件似的搁置在那儿；不管牌好牌坏，从不分一份眼色出来。此时他该知道狮鼻是四张了，他是不是四张 K，没有人猜得出。狮鼻将一百六十块钱放好后，看他没有表示，就动手把自己的毛衣脱了下来，押在了钱上，随后又把底牌 J 翻了出来。他看清了四张 J 后，拿起自己的底牌，在一张明牌后一搓，亮出一张 K。他把钱收走，把毛衣套在身上。他的手臂一晃时，我看见了我的那块表，现在该说是他的。

以后的几天，我一直在那张桌子旁，充当发牌人。第一天下来，我肯定他并不作弊。他仿佛可以很敏锐地感觉出对方的底牌，而他的底牌像方巨石一样沉在那里，他自己都很少去移动。关键时，他会用大数目的押钱把对方击垮，我常为他捏一把汗，因我知道，那底牌有时是些小人物。

第四天，我无意间发现了一个秘密，这秘密太微小，小得没有任何人再会发现，甚至连他自己。第五天，这个秘密再次被证实。第六天我借了些钱，很早就在那张桌子旁等他，我尽量坐得像个物件。他来了，我盯着他的脸，一切都没有改变。他消瘦下颏上的那颗痣和痣上的那根毫毛。

第三盘时，我已配好了一副严格的"福尔浩斯"，三张 10 两张 J。他的明牌也是两对，一对 J 一对 Q。该他押钱时，他想一下击垮我，他看了看我胸前的票子，压上去一百五十块。我木木地看着面前的牌，过了会儿把眼睛抬高，看着他那颗痣的毫毛。这确实是个微小的秘密，那根毫毛在烟雾的背后微微颤动；只有你在屏住呼吸时才能感到那毛梢像一株微风中的小草，孤寂，胆怯。他依然扮成个物件或是一座冰山。我数出一百五十块钱押上去。他输了，底牌是个小小的 9。他很疑惑地看着那些牌，把一支刚点燃的烟掐灭。

第七盘，他再次想击垮我，他押上了二百块钱和一块手表。我审视着那个局势，审视着我胸前的票子，我再次去他脸上寻找答案。他一直很消瘦，像靠烟草养着，但他不像抽烟人那样黑，他很白，皮肤上有石头的光泽。那粒痣就长在他山崖般的下颏上，现在那根毫毛在山崖上一动不动，他等着我，那些烟雾在花花绿绿的牌上弥漫而后消散。我把牌合上，没押一个子儿。

那天是他几年来输得最多的一次，最后一盘他押上了三块表，其中有我的那块。那粒痣上的毫毛在悄悄抖动，它没能逃过我的眼睛。那天下来，我的左臂上并排戴了七块表，时间吵得人心跳。收摊时我甩给了一直在后边看牌的老尖两张票子，把借的本钱还给了狮鼻。临走又看了眼他的脸，那上面出现了少有的红色，像被你无意看见的晚霞，情景怅然。

"你今天把我打立正了。"还是那种干燥的声音，像从燃着的烟头上发出来的。

"明天见！"

"明天见！"

当晚，那根毫毛使我久久不能入睡，它微微颤动的样子使我喜悦。他不是他妈的什么物件，冰山，他紧张，他的紧张埋藏得很深，像暗河，在皮肤下面流淌。他被他自己的毫毛击败了，他还不知道。在晚上，我唯一担心的是第二天早上他会把毫毛剪掉。没有，连着三天，我被毫毛指引着大获全胜。他融化了。我的两条手臂上戴着二十几块表，光阴紧紧地捆束我，脉搏都被淹没了。

有人告诉我，他在到处借钱。没有人借给他，两年来他赢了所有的人，今天他像是给这些人带来了节日。第四天他来告诉我，他输光了。

"你彻底把我打立正了。"

临走他摸了一下扑克，他的手苍白得像光，一掠而过。他的背影一下子缩小了。想起他为我赌钱回家的事，我几乎告诉他，剪掉那根毫毛，但我忍住了。

四天来我没有一点兴奋感，每一盘都像在猜一些知道了谜底的谜语。我只是在做着类似查看苗情的工作，然后，接收他的钱或毛衣、手表。我把表和毛衣都卖给了原主，象征性地收了点钱。还给他时，他收下他的表后给了我一张画片，那上边印着苏里科夫的《近卫军行刑的早晨》。那画片原来挂在他床头。

第 二 辑

斑螯

　　该试体温时，那个长着马脸的护士走过来，把温度计插进了他的腋窝。他及时地笑了一下，笑得很朦胧。马脸走回去，端坐在他对面，盯紧了他存放着温度计的腋窝，一对眼睛像打着连发的枪。一分钟过去，他没有机会把右手伸进衣领去弹动那支温度计的顶端。使温度计升温的方法有许多种，当然最正常的是你的腋窝恰好有38℃，那么温度计就会自然升到38℃；但，如果你的腋窝没有38℃，你恰恰又需要这个温度，那么就有许多其他的办法使你获得那个理想的温度。他掌握了其中最不动声色的一种。当把温度计无水银的顶端不断弹动时，水银会一下一下往前冲，大约弹十下左右，可以达到较理想的温度38℃至38.5℃之间。为此，他做过了无数次的练习，掌握了很高的技巧，也消费了六支温度计。

　　今天，他是这个月来第七次坐在这张椅子上，查体温。这时候的马脸像张招贴画似的一动不动地在他眼前展览着。他讨好地想笑，并且笑了一下，马脸透过他的笑把目光落在他某一颗坏牙

81

上，这使他再想笑时，终于没有笑出来。

关于发烧的方法，每个人都不尽相同。狮鼻总是用右腋窝夹紧温度计，通过右手来回抽动，用摩擦发热的法子，使温度升高。他曾偷着试验过，那动作的幅度太大，太扎眼，而且升温的速度很慢。达到38℃时，腋窝充血发红，且伴有臭鸡蛋味。食堂的老尖用另一种方法，他曾经揣着一个刚出锅的馒头去卫生院，在试体温时，及时地把温度计插进依然发热的馒头。那次他没能掌握好火候，护士检查时，温度计显示的是42℃。他被送进了急救室，五分钟后出来，诊断是：馒头凉了。而他发明这个把戏的灵感来自抽烟过程中的一个动作，当你想把一支松散的烟整瓷实时，那么就把香烟立起来上下地蹾动，烟丝会挤向下端，谁也不能抗拒惯性，温度计中的水银也是这样。这个把戏他发明之后没告诉别人。

两分钟后，马脸许是对他厌倦了，拉开抽屉翻找着什么。他缓慢地抬起右手，抚摸着自己的头发，然后，自然地滑进衣领。他的动作很连贯，像一个习惯搔痒的人。他一直盯着对面那匹白马的头，希望那抽屉中的东西很有趣，情书、玉照什么的，使马脸抬不起来。一下，三下，六下。马脸正在把抽屉送回去，现在只有37.5℃，在最后的机会他重重地弹了一下，听到腋窝中有一下清脆而沉闷的响声，这响声击中了他的心脏——那东西断了。一种温润的东西顺着他的左肋流下去，使他的左边身体僵硬而冰冷。马脸抬起头来，用那片辽阔的眼白把他罩住。

"拿来吧。"

"拿什么？"他装作回头看身后的门。

"温度计！"

他像是把手伸错了衣领般地掏摸着，终于，拎出了那支被割断了头颅的温度计。马脸的脸更长了，她凑到一片阳光下看看那支玻璃棒，然后，用手中的笔在纸上写着什么，撕下来交给他。

"去交费！今天你不发烧！"

他恭敬地起立接过纸，那些温润的东西落到地板上，他看到一点明亮在动，那东西跑了，厌倦了他的体温。向后转，他走出马厩。出了门他看到纸上写着：温度计一支2.65元。

收费的丫头片子奇迹般地透露了一个秘密。

"怎么搞的这帮知青，搞病退五天搞坏了二十支体温表。"

丫头片子的语言很准确。"搞病退"，病退是搞出来的，七搞八搞，搞出毛病，然后退回各自的城市。上海回上海，北京回北京。阿花就是他给想办法搞的病退（不过搞这个字很他妈有点难听。搞，像是搞那种事的意思，搞对象、搞女人、乱搞；不过搞革命、搞生产也用这个搞字。搞不清）。阿花查心电图那天，他带去了一瓶白酒、一点茶叶。查之前，他让阿花喝了六口白酒，然后，从一楼到五楼跑四圈，之后，嚼两口茶叶以去酒味。阿花心跳一百三十八下且伴有杂音，最后搞成了心脏病，退回上海。走的那夜，阿花不断地亲他，然后哭，然后又是亲，把眼泪和口水都搞到他脸上。当时，他数了一下自己的心跳，一百四十三下，比白酒效果好。

今天不发烧今天不发烧今天不发烧，他一步步走回宿舍。屋子里没人，都上工去了，坐了一会儿他终于拿出那瓶子，在阳光下照着。那里边有五只虫子，死了的斑蝥虫，黑黑的背上覆盖着一层绒毛，鞘翅上有两个大黄点，像一张黑脸上的两只眼睛。这东西真是富贵相，死了还那样威风。黑黄两色他恍惚记得什么电影里的帝王才用这色，或者记错了，是送殡的颜色？送殡。不要吃了它真的去死！他把瓶子收起来藏到被子里。

上次探家回上海，他特意买了一包带"海绵头"的香烟去看拾垃圾的李阿公。李阿公原是弄堂口卖膏药的，卖的药有把人医好也有把人医死的，后来有的人揭发他用锯末、红砖粉、蜂蜜、脚气灵和在一起做丸药害人。斗他时，他背了语录来自辩："……或重于泰山，或轻于鸿毛……"众阿婆们无话。他便改了行，拾垃圾。那天，两支烟抽过后，他问阿公，什么东西可以使小便出血。这问题他问过在医院里坐门诊的三叔，三叔说："得肾炎可以。"他巴不得得肾炎，可就是得不成。得不成时怎样才能使小便出血？三叔很愕然，他可能治过病，但对如何得病不在行。阿公又抽了三支烟，让他附过耳去，从嘴里浮出三个字，那三个字带着股阴气透进他耳鼓。

"斑蝥虫。"

他再问时，阿公只抽烟不答。他临出门时，阿公嘱了一句："一次只能吃半只。"

那虫南方田里就有，他捉了五只，晒干后，宝贝一样收进这只小瓶，带了回来。

晚上宿舍的人都睡下了，他从被子里掏出小瓶，摸了一只。

那虫身上的绒毛缎子般发亮，两个黄点盯着他，很凶的样子。他两手一分，吃下了带头的那半只，再躺下去时，他觉得那半只虫在肚子里爬来爬去，他闭紧嘴，那东西无论如何不会再爬出来。

夜里做梦，他在一座庙里撒尿，很多菩萨看着他；他撒出一地红水，流出庙，流成一片霞光，阿花在那片霞光上唤他，还是泪眼汪汪的样子。半夜醒了，胀胀的，拿了手电去外边动作，撒出的尿照来照去，与平时并无二致，回来就再睡不着，摸出那半只吃下去，索性让那虫子凑个全尸。

早上第一个起来，又去尿，尿水很热，但全无一点红色，回来后他急出一身汗，这虫也许没用。

一整天，他守着暖壶喝开水，一杯杯下去，一趟趟去厕所，尿出的水全无半点红色迹象。他又拿出那瓶子来细看，黑虫子干枯的眼瞪他，像是要吃他一样。

"什么吃半只，一只也吃下了，尿还是尿！"

晚上睡觉，趁人熟睡，他又摸出一只吞了下去，这次不是虫子爬，虫子飞的感觉都有了。飞着，飞着，睡着了。一夜无梦。早上起来去厕所，尿一射出，火火地烫。低头一片红黄带血。他马上憋住了尿，回宿舍取了一个酒瓶来，装了一些，去医院挂号。

内科的麻大夫切过了脉，还要用听诊器在他胸前背后肚皮上听听，然后是看舌苔翻眼皮。一套操作后，问他有什么病（这话似该他问）。

"发烧，尿血。"他举起那只酒瓶，麻大夫误会了。

"喝酒喝的？"

"不，这是尿，里边有血。"他很认真地摇了下瓶子。

麻大夫头忙向后仰去，屏住呼吸给他开了张化验单。

马脸今天在化验室坐台子，他先将酒瓶递进去。

"这是什么？"

"尿。"

"谁的尿？"

"我的。"

"不行，没让你尿时怎么先尿好了，谁知是不是你的尿！"

好个马脸，果然像地狱里的马面。他想起那两只虫，细细感觉一下裆里那东西。不怕！火烫的感觉还在。

"那我当面尿给你看好了！"

"流氓！"马脸很妩媚地动了一下嘴角。

"老李！你陪这个知青去厕所尿一泡尿，院长吩咐了的，知青搞病退要一道一道过细。"

马脸传唤着一个干粗役的老头子。

进了厕所，他动作时，老李死死盯着他那东西，哪儿还尿得出来。

"你别看行不行，尿尿有什么好看的！"

"那可不行，院长昨天开了会的，不放走一个好人，不误诊一个坏人。"

他努力收缩肚子，还是尿不出来。老李咽了口唾沫，走到水龙头边，哗地拧开龙头，然后再看着他。真是灵，那边龙头一开，这边尿也出来了。他认真地看着那尿，依然有红色，心里踏实了许多。尿满一小瓶后，把那东西交给了老李，老李捧贡品般地端走了。

化验单出来时，他清楚地看到那上边有四个加号。"好毒的虫子，才两只便把一个大小伙子打翻了。"他心里暗骂。

四个加号搞得他真像病了，扶着腰挨进了内科。麻大夫正在喝茶，他蹭进去，把化验单放在桌上。麻大夫看见那四个加号，惊得端茶杯的手直抖。再让他伸过手去号脉，末了说了句："真厉害!"而后开药，扯单子。

他坐着没有动，等麻大夫抬起头来催他去拿药时，他说：

"大夫，给开张诊断吧。"

"诊断先不能开，开张休一周的假条吧。"

"假条可以不开，诊断您给开一张，这地方住院没法住，药也没有，我要回上海治病。"

"你先吃一段药再说。"

麻大夫端起茶杯不再理他，他把手里那只盛尿的酒瓶放在桌上。

"喏！你看这尿里还有血，你刚还说'真厉害'。毛主席教导我们：要救死扶伤，实行革命的人道主义。"

那尿瓶子上桌后，麻大夫嘴里的茶水好久没咽下去。而后，拉开抽屉，开了张"急性肾炎"的诊断书。

他站起身来道了谢，走出内科，尿瓶子彻底忘在了桌子上。

走的那天，狮鼻到车站送他，临开车，他摸出那只瓶子递给狮鼻。

"办肾炎吧，这虫子晚上吃一只，第二天就尿血。记住，别多吃。"

狮鼻看着那虫子，慢慢流出泪来。可能是感激他，可能是舍不得他走。

车开了，他没有把弹体温表的绝招儿传人，那招儿是他想出来的，轻易不能传。

雾

　　月纯粹得像一圈空环，八月的天空越来越远，澄明之气将北面的山送近了，看它时，它就步步走来。

　　去，还是不去？

　　早上浇过水，回机井房时，他总觉得有什么事要发生。门口的绳上晾着很多衣裳，她的一件红花衬衣旁晾着他的蓝裤子。风吹过，那两件衣服纠缠在一起，飘扬悬荡，而后散开，垂立。妞妞的一排小衣裳挂在高处，并不晃动，像静静的生命。

　　他的手摸到了机井房的那扇门，那门上生长出他的目光，和妞妞细细的声音。他放下手时，门的脸就拉长了。

　　去不去呢？

　　能有什么东西可以送人的，送一个女人？他查了三遍箱子，新东西只有两件，一双尼龙袜子，一个笔记本。尼龙袜子太大，怕不合适，他拿起本子后把箱子锁上。小子们都在甩扑克牌顶枕头，没人分一份眼色给他。他转身走出宿舍。

　　这句话是她在他耳朵后边说的，他不知该怎么回答。看着窗外的一只蜂游来荡去，嗡嗡声把那句话一遍遍传来。

晚上你来吧，我等你……

晚上你来吧，我……

晚上你……

他知道她的目光随着话在他耳后边转。他没能说出什么，推门出去时，听到好深的一声叹息，揪起的心放不下来。

秋阳下蓝褂子的阴影长长地印在地上，他踩着过去，拿起锹往园子里走。

那个出殡的下午，他想是被那尖厉的哭声绊住了脚，回头看见那口棺材上绑着的鸡也瑟瑟直抖。啪的摔盆声使那个太阳淡了一下，他看见苦主的脸把孝服照耀得雪白。他记住了那张脸，像雪原一样冷。

"西方正路……"

起杠时，刮起阵风，卷得十几件孝袍抖动，一行人踩着风往二号地走，哭声被吹得很远，在休耕的田野上传递。

那女的还年轻呢，就死了男人。

第一天看水，她从一片落霞中走出来，很远他就认出了是她。那脸上还有残雪，眉眼间的苦像撂过很久的生荒地。经过他时，那苦中挤出一点勉强。她身后跟着个两岁多的小妞妞。这母女俩引过来的傍晚，那么怅然和古旧，落霞再覆过来时，园子里的绿菜失神地立着。看水这活寂寞呀！

过后几天，小妞妞常拿着烧好的玉米和毛豆子给他吃，他搜肠刮肚地讲一些猫呀狗呀的故事给她听。小孩子的瞳子真亮，他看见那里面的自己像个汉子似的脸，嘴上长起了胡子，过了八月就满十九了，该是条汉子了。

去吧！

他听见虫子爬过树叶的声音，月上中天，满地的水色，静静地把人拢住，动一下碰得那些光散乱地流动。

她隔多远看他，他都知道。那目光把阳光挤走，射在他身上，热得发痒。那时他会脸红，把手里的锨一扬，扛在肩上遮挡一下，再往远处走去。

他看见她奶妞妞的那天，井房里黑得就剩了那没遮拦的两块白。她一点儿也没乱。妞妞躺在她怀里，看着他笑。他后退，忘了问，电来了没有。再见她时，不知怎么就低了头。她把他挂在锨把上的褂子拿去洗，洗过再挂到锨把上，那上边布满了清水的气味，那气味原本很陌生。

去吧！

想起那天后半夜，水刚浇了一半，雾就从脚下泛起来了，一片片地游动，像是载着他走。他站在水口那儿，世界瞬间小得只剩下他和身边的雾了。他挂着一把锨，听水无阻挡地喷出溅落，被渠引走。

她来时也像雾一样，悄然无声，她的眼睛透过雾看着他。他竟没慌，感觉到那张脸上的残雪化了，她睁着孩子般的眼睛看着他，张开两手，把一件黑棉衣罩在他身上。

雾在他俩的身旁游动，围困。她抬起手来在他脸上摸着，那手像一块温久了的玉石，把他的孤单收起来，抛走。他听见雾爬进眼里的声音，这世界真小了，连水声也被雾隔开了。他把那锨抛进雾里，张开手臂，把她收进怀里，雾搅动，死死缠紧他们。

他们就那么抱着站着，直等雾从肩上滑落又渗回泥土。那天更像个梦。那天过后，他还是远远地避着她的目光，她还是悄悄拿走他的衣裳。

去吧！他听见自己对自己说着。

没有云的夜空，月为他一个人照着。他站起来把身边的光碰碎。

机井房的门在老远处，关得像闭紧的眼睛。说不准几点了，那门要是插着，他就回去。越近他越盼着那门插着。

门推开了，他的手指刚一碰上去，那门就后退着。外屋好黑，他反身把门关上，绕过那些机器，往里屋摸。每走一步他都像听到了那口深井在叹息，站下来细听时什么也没有。水在深深的地下呢，它们或许想出来，它们听见了他的脚步，那个惯常的合闸人的脚步，使这个夜晚变得神秘莫测。

他站在里屋地中间时，明确地听到了在炕上的呼吸声。他站立，那呼吸温暖地游过来围拢他。他知道这是一个尽头，他走了很久才到这里。

炕烧过了，他摸索的心情复杂又胆怯，他把温暖抓紧，极力让手膨胀而沉稳。他摸到了那片雨滴样光滑的身体，那上边没有丝毫遮盖。她的光滑像一束流水，流进他的手，经他抚摸的身体，泛起白光，把整个房间照亮。他抑制不住地颤抖，他想化成一片雾来覆盖这白光，那光温暖的气味使他沉醉，他饮着，像个渴极了的人。在这片融化的雪原上竟没有一棵草和枝丫（这使他在以后的九年变得疑惑，他和那个城里的女人结了婚后，才知道女人身上有草）。

他的手在她的脸上停留，等待着在他们的皮肤间生长出温暖。他在她的鼻翼间摸到了晶莹的水，那水在他的抚摸下，源源流出，把他的手指浇灌得火热。他被启动了，像合上闸的机井，他听到了轰轰的声音在自己的体内，他喷涌的情感在温润的玉石上涂抹。他在摧毁着花园，在毁灭中他巨大起来，毁灭后，他又忙于重新布置，他变换着这花园的形式，像一位暴君，把风雨悬在她的头上。

他听到了她的呼唤的声音，漂浮着升起而后坠入深井。她帮助他酿造这个夜晚，她变得越来越醇烈，像一块吸透了酒的玉石，挤压他，磕碰他，在他昏迷时把他敲醒。她像位圣者，教他耕耘、收获。她不愿让他疏懒，他在这片土地上挥汗如雨。

那个夜晚深深地向前走着，他们相携着路过好多风景。他们的流连，被毕生记录。即使多少年后的天涯海角，他们依然会被那个旧月亮感动。

夜疲倦了，它走到尽头时，就做了一个光明的梦。

早上，他被一双明亮的眼睛惊醒。整个夜晚他忘记了小妞妞，现在，那双眼睛闪动的光在他的脸上梳理，她的小手抚在他的胸膛上轻轻拍动。看到他醒来，她笑了，挣扎着伸起一只手，往他嘴里送了一粒新鲜的毛豆。那粒豆子布满了青涩味，他慢慢嚼着，身体被一束射进来的阳光压住，他品味过整个夜晚后，把它全部咽进肚子里。

　　他走出机井房，这个早晨不再一样。她在园子的远处看着水，他的两腿轻飘飘的，像是缠满了雾。看着她劳动的背影，他内心充满了依恋。

　　秋阳被冰凉的水润湿着，水的清气在阳光下弥漫，飘散。他接近她的影子，走过去把自己的那片影子挤进那片黑。他又听到她低声的叹息，那些流动的水甚至都回过头来。她背过身去，他看见那地上的影子湿了，萎缩着蹲矮。他摸出怀里的那个本子，往她怀里送去。她接了，用手在上边摩挲着，那玉色的手指牵动着他，心飘来飘去，握着那手，一片霞从那指尖上涌了出来。那手在他的脸上抚摸着，把一丝丝的霞引进他的眼睛，他感到温暖。最后那手停在他的两截眉毛上，久久不动。

　　"看，眉毛都立起来了……"

　　"你成人了！"

　　她的手拿开时，他站起身来听到了很响的雷声。

白　血

　　我时时在想怎样来叙述这个故事，当想到叙述时，我的笔总会沉重地下垂、停顿，或画出些与文字无关的图形。生活并不是像叙述那样进行的，叙述把许多精彩的故事讲得索然无味，它把感觉排除得很远，像一位盲者被一支竹竿牵着走，感觉到的仅仅是竹竿，或者像竹竿一样细长的路。我对叙述有深切的体会。我的这个故事开了五个头，这是第六个。

　　针头是普通的，在小时候"过家家"就极想得到的那种。他小时候就感觉到针管很像滋水枪，或人类的某个器官。

　　现在这东西就在眼前，摆好了，消过毒，像拆散的武器。

　　把它们拿起来，他镇静如一条永恒的山脉。他第一次见到山时，被山沉重的麻木感染得喘不过气来。在每座山面前，他都想喊叫，以引起注意或显示存在。

　　武器装好了。他来回推了几下，空气顶撞地挤出针头，发出吱吱的声音。空气这东西，无色，无味，但有声音，他很小时候就感觉到了这点。把手掌在一片虚无中飞快地挥动，他听到呜的一声，空气的队伍溃散了，倒伏下去。收回手时它们回到原位，一切平静。

把针管的空气排空后，这时该静下来想一会儿。那个小瓶子中液体活泼地盯着他。它们无时无刻不在想着逃跑，在白色的雪原上滑行，让他追逐，向着南方他出生的那个地方。

干吗要离开？他不清楚。只是别人都在走，走时把许多悲伤或革命的话留给他。他不断地收到那些人遗弃给他的枕头、擦脚布、勺子或书。这间屋子原本很热闹，洗脸时，屁股和脑袋常挤进一个盆里。现在他每天一个人擦身，脱得光光的，水的每一粒声响都能听到，没有人再让他擦背，也没人给他擦背。

上午，他在被子里延宕得很迟，疲倦地盯着玻璃上的霜挂。那些杉树和山峰把他带得很深，很久远，远到他在火炉旁翻看小人书的童年。炉上的水吱吱响着，冬天的日子被慢慢煮熟。

整个白天，他要到麦场上的一个棚子里去搓沾满了雪的玉米。老人们抽烟的声音，妇女身上的奶汗味，他们亲热的目光和关怀，这些使他觉得自己就要走了。

他走哪儿去呢？父母死了，那个城市变得比回忆更远，他七年没有再回去过一次。"知了"曾约他一起走，说家里有地方住，他不想。那个城市似不再是他的，或者说他不再是那个城市的。他已经住惯了这儿，喝井水，吃土豆子、大头菜，坐火炕上喝七十度的白干，戴着狗皮帽子在雪地里刨粪。他渐渐把城市给忘了。

针头安好后，伸进小瓶子抽出那些活泼的精灵。他把针管竖起来，很内行地推了一下，透明的液体喷了出来。

　　其实他早打定了主意。走啊！离开这儿，回去看看那幢老房子，哪怕在住了生人的熟悉的门口站一会儿也好。父母的骨灰可能都没留下，他们是自杀的。那天正好是他十八岁生日，他接到那个机关寄来的一封信。

　　这可能是他等了很久的一个消息，现在他来自一个阴凉世界。来北大荒后，父母定期给他写信，他一封也没有回。近两个月他没有收到信。

　　他不断地读着那则消息，他隐约听到了父母最后的声音。而后，他很郑重地用几滴棒子粥汁，把那东西贴在了墙上。打那以后他再没有收到任何来信。

　　用一根布带子捆住左胳膊，静脉的青色慢慢升起，突出的地方蜿蜒像条路。他在那条路下坡处选择了下针的地方，然后用右手守稳针管，刺了进去。一丝血液像片霞或烟雾灌进针管，慢慢散开。他推动针管，白色的液体连同紫雾一起挤进青色的路中，拔出针头后，他的头上出了汗。

　　他静坐在床上，听着心在走动，感觉到那白色液体流遍全身，渗出皮肤。他闻到自己身上散发出的怪味。

　　走起来没有太多的异常，只是当脚落下后，房子有轻微的震动摇晃。他仿佛背着一扇门在空旷中行走，天空红红地流淌。他穿着很厚的棉衣，轻轻飘过雪地，那支刨粪的镐像是长在地上，再也拿不起来。搓玉米时，他感觉到自己的皮肤越来越透明，像一层薄冰，那些妇女看得到他流动的血液。

97

"这孩子像是病了呢!"

他试了下表，37.5℃。他的手脆弱地响着，夜里有许多声音钻进他的头皮，头发匆匆地长高，而后倒伏下来。他呼出的气寒冷而微弱。那块贴过死亡消息的墙皮剥落了，很深地透出里边的红砖。他看见一张网正在收集星星，然后，摆满他的枕旁，他咽东西时听到石头在肚子里响。

"这孩子像是病了呢!"

经过门口的一个人对着另一个人说。他照着镜子，那东西把他照得很陌生，他的眼睛大而明亮地闪烁着，牙龈苍白，他的皮肤细腻，像一片冰冷的玉石。现在那白色的液体已经布满了他的身体，甚至扯下一根头发，也有那种气味。

他得到几张白纸，那上边写着"低烧待查"，盖着红色的圆章。

他用另一张干净的白纸，开始写申请病退的报告。那些字被一条条绳子捆着走出来，扭来扭去挣扎的模样。他说他病了，这是他的耳朵在一天晚上告诉他的；他的舌头已不能转动，他听见马彻夜叹息的声音和雪的私语；他养的狗已不再认识他，曾经在他苍白的骨头上磨过牙齿；他经常忘记吃饭，而不断撕破别人留下的枕头；他想去刨粪却走进了食堂；他经过的雪地白雪融化。他说，他总是在坐下来时听到那个城市中有一口井在对他说话，像一只虫子在耳边飞翔。

他把大大小小的字排满了那张纸，最后写了一句："我要回去!"然后，把那张纸交给了连部某一个人。那人头上没有一根头发，也没有眉毛。眼睛在一堆皮肉的夹缝里，感觉不到眼神。

他开始怕火，甚至怕光亮，天再冷他也没有勇气把一堆柴草点燃。他用很多条破旧的被褥包围自己，把头颅留在那堆东西外面，看着窗外很远的地方。太阳有时恰好和他的目光相会，他就闭上眼睛，听到许多坚硬的磕碰声，那是阳光带来的。他们从那么远的天际到达这里需要很久很久，久得我们的生命也无法度量。他感谢他们的情意，他伸出手去抓过一把阳光，在他的掌心就有热烈的交谈。

搓玉米的女人们来时，他听到了汹涌的水响，像他梦中的海一样，他没有见过海，在电影上看到海不能流出那块白布。那些女人边说边干着，帮他生着了炕。热气从下边传上来，他又闻到了那白色液体的气味，从他的头皮上依依升起，像一些鸟群自由地飞走。他努力地喝着女人们端来的汤，那东西对他像一块绵长的塑料布，挣扎着挤进他的食道。他是喝给她们看的。他又一次感到情意。

"没爹娘的孩子苦啊，生了病没人管！"

没有头发的人戴着帽子来了，他眉毛下的蛇在他的身上爬来爬去，把他刚刚热了的身体爬得冰凉。没有头发的人堆着肉的脸张开了一个洞，那里有很多黑色的蝶飞出：

"你再去团部医院盖个章，手续回来办。"

他终于把抓紧阳光的手掌摊开了，那些蛇惊得乱窜。他的手掌光亮像黄铜一般，带着嗡嗡的声音，那是阳光走动带来的声音。没有头发的人戴着帽子走了。

团部医院是个寒冷的地方，那些白色墙壁比他的脸还要白。他用手指敲着一扇门，回声很大，像在山谷中咳嗽一样辽远。随后那门离开了他，在那个位置上站着一个人。

他把那几张盖有红章的纸呈上，然后张开手掌把玻璃板上的阳光抓得紧紧的。手臂上的汗毛竖立起来，他像是听到树林子的哗哗响声，那种风吹来又向远方吹去的响声。

"你是怎么得的这病？"

寒冷的人摆弄着身体，那白色的衣帽把他手中的阳光拽走。他的手掌空空地摊在玻璃板上，盖住了下边一张笑的照片。有什么好笑的，他很久没笑过了，有人可能根本就不会笑。

"说吧！图章就在这儿，说完了就给你盖上，你到底是怎么得的这病？"

他张开嘴，那人用压舌板抵住他叫喊的声音，然后拿起那个冰凉的东西在他的身上按来按去，那很像一枚圆圆的图章盖在他身上。他已经很瘦了，他感觉到风在他的肋间穿来穿去，他的心脏跳动时，胸口的皮被牵来扯去。他觉得人可以无限制地消瘦下去，每天和每天都不一样。那人放下手里的东西，看着他，他感觉一片冰冻的雪原在接近他的肌肤。那人举起那枚红章在他冰冷的心上盖了一下，就有血液流动起来，他又感到一点温热。

"说吧，章盖好了，你可以回城了。"

他看着那枚红红的章，像是一口极深的井，他喊了一声似有回声。他将要走漫长的路去接近那口井，而后爬下去，那似乎很远。

"我往静脉里注射了汽油。"

他看着那人在消融。他的脸开始泛红，而后，拿起白纸走了出去。

他像白色的影子样飘回自己的房间，屋子更空旷，这里注定将空无一人。

最后他被送上了火车，那些搓玉米的女人把他抬上去的，并不知道那个南方的城市有没有人接他。

血气方刚

他把头伸过去，再伸过去，顺着井口终于看到很远处有一片光亮在波动。那是井底，有水的地方。波动的边缘有一小块黑影，他晃头时，黑影也晃。是他的脸，他从来没有隔那么远看自己的脸，小小的没有五官。有三十来米吧，放下去的皮桶每次摇四十六下才能打上水来，他数过。皮桶很沉，两个人才能摇上来。

眼镜跟过来了，拿着一个新盆。

"嘿！你看过井底吗？"他问。

"不用看，除了水没别的。"眼镜铠甲一样的脸上长满了锈。

"……有蛤蟆尿！"

他开始放辘轳，一下一下用膝盖拦着辘轳把，动作很像原地齐步走。不拦着把，桶坠下去会把井架扯散了。辘轳放完后，眼镜走过来，他拿着盆不想撒手。那是个新盆，上边有两朵牡丹花。一朵红色，一朵黄色，说它们鲜艳不如说温暖。

"这么新的盆，洗你那脏屁股怪可惜的。"

眼镜拿盆的样子，像是拥有两个情人，他看着生气。

眼镜腾出右手帮着他摇辘轳。他闻到一股烧塑料的味。眼镜生气时嘴里就吐出这种气味。小子刚来时瘦得像棵草，北大荒的白馒头给他揣结实了。摇到二十三下时，他停了手，井里的水声哗哗响着。

"你把盆放下，那花谢不了。"

"有种自己摇上来。"

"……"

他慢慢把辘轳往回捯，皮桶又沉进水里。眼镜抬眼看着天上的白云，像一位天空的审视者，不理他。小子现在结实了，上个月一镰刀把"地球"背上砍开半尺来长的一道口子，看着冒出来的血，没眨眼。

这盆真是太新了，小子舍不得放手，怕掉进井里去。这盆真是太新了。

"打个赌吧，你敢把盆扔进井里去，我下井给你捞上来。"

眼镜把眼睛从白云间收回来，镜片上还有云流动的影子，在云影背后看着他。看了一会儿，那云才从镜片上移开了。

"谁的证人？"眼镜问。

"随便。"

眼镜转身往宿舍走，盆放在井台上。

不知出来久了，还是眼镜来了，他有点冷。太阳刚出来，像个摆设挂在那儿，没一点热气。他又一次把头伸过去，顺着那根井绳，再次看了看井底。确实，那中间只有水。

全宿舍十几个人都出来了，刚醒，眯着眼睛，咧嘴看着他笑。有事儿干了，能有这样的早上，真让人兴奋。

眼镜走过来，脸青青地发出声响。

"还打不打？"

"心疼盆了？"

眼镜走到井边上，把脚抬起来轻轻地一送，那动作着实很温柔，两朵花落进了井里，井里传出一串清脆的撞击声。静止后，十几张脸转过来冲着他笑。

他开始摇辘轳，一下一下，四十六下桶上来了，他没让人帮，第一次一个人把皮桶摇上来，哗地把水倒了。把桶从铁链子上解下来，他想唱点什么，可没唱出来，解衣服扣时，他的手摸到的扣子是热的。狗日的草。

"快回去把炕火捅开，再拿件大衣出来！"狮鼻冲谁吼着。

棉袄、毛衣、棉鞋全脱了，他只穿着一条短裤，中间破了个口子，挺脏的一条短裤。

"全脱了，尿碱裤子，别脏了水。"

他没理，脱光了太影响威仪，他把右腿伸进铁链子拴紧的套中，拉紧绳子，两个人开始慢慢往下放他。

他像走进了一扇通往梦的门，上半部井壁都是冰的脸，各种各样的水静止的样子，都是向下的趋势，像一些指示方向或出口的坐标。他抬头看到井口很多张脸把背影的天空挤得很小。绳子平稳地放着，他听到他的喘息声碰到井壁后折回来，在他皮肤上滑过。井的下半部分是岩石，他能感受到那些石头看他时的惊讶表情。那有水的尽头，像睁着一只大眼睛在等他。

"到了！"他喊了一声，绳子便不动了。他把腿抽出来，看着平静的水面，眼镜说对了，井里除了水没别的。他吸了一口气，松开手，落进水里。

冬夜天空的寒星，一齐挤进他的身体，在他的皮肤下排列着，往骨头里钻。他的牙开始有节奏地相碰，像鸟啄木头的声音。他绕着井的四壁摸，没有那两朵花。一块凸出的石头碰疼了他的臂肘。他闭紧眼睛向下沉，寒星从心脏中发射出来，在他眼中闪烁。他感到水用身体在推挤他，想把他赶走。井底是一些温暖的泥沙，他努力蹲下身子摸着，抓住很多水又放走了很多水。嘴里的气冲出来，一串气泡沿着他的脸升上水面。没有，什么也没有。他的心像一颗星样地停止了很久，是那种最冷天最亮的星。他冲出冰面，扶着块石头呼吸着。井上传来声音。

"摸着没有？差不多行了，算你赢。"

那不是眼镜的声音，眼镜这小子，毒。

他闭上眼睛，感觉身体像一块正在淬火的铁块，越来越僵，越来越脆，井壁的石块在推他的手，水流进身体，血液散失了。他深吸了口气，水躲避开他的冲撞，然后过来再把他淹没。在井底他又摸了一圈，还是没有，眼镜说对了，井底只有水。

他扶着井壁往上升浮，碰着岩石不再感到疼，裆里那东西缩进了肚子，这真是一个极不英雄的状态。他想起眼镜抬脚踢盆的动作，他承认那架势很有魅力，使人不忘。

"狗日的！快上来！别死在井里，水还得喝呢！"

他们的脸在井口晃动，不知他们会不会像他早上一样，隔着很远看自己的脸，他们现在都在找他的脸。

他喘着气，实在没有力气再下去了。他要找到一扇走出梦的门。拉住绳子后摇了两下，抬头时，他看到了眼镜那片镜片的反光。小子，赢了。他套上腿喊着"摇"！

绳子慢慢地上升，他回过脸去看水中的自己的脸，像块普通的岩石，安放在所有岩石中间，那石头中间有两朵花，晃来晃去。是两朵花。妈的！那盆停在了一块凸出的石头的凹槽里。他急忙喊着："往下摇，往下摇！"绳子往下走着，他骑着绳子落进水里，两朵花抓住了。

上来后，他们捧很多的雪搓他的身子，然后用大衣一裹，架回了宿舍。

他被安置在炕头上，狮鼻说先别盖被子，怕寒气散不出来，让他喝两口新烫的酒，然后喊几声，把寒气喊出去。

喝酒时，他们都看着他，他喊着："喊！喊！"

十几人看着他赤裸的下身，知道那脏短裤留在了井里，那水从此就有问题。

"狗日的，别让大姑娘喝了，怕种上。"

眼镜在炕角卷着大炮，一声不吭，腿前边的脸盆已磕掉了许多瓷，那两朵花心黑黑地掉了一片，像一个梦的凋谢。

春寒缓慢地消失了，两个月里他总是看见眼镜在炕角卷大炮，默默抽着。小子又买了新盆，旧盆被大家盛尿用了。他第一次往那两朵花上撒尿时，像撒在眼镜两块镜片后的眼睛上。他理

106

解眼镜为什么只抽烟不说话，想着当初眼镜拿盆的样子，他有点过意不去，眼镜这人心太重。

六月的一个下午，十几个人一起去四号库倒麦子。天阴得厉害，浓浓的云像扯碎的冬衣飘扬着，囤积着。还没扛上几麻袋，雨点像石子一样落下来，打在地上啪啪地响。

他从小就怕听雷声，那东西像是很久之前就埋在头皮里边了。在最平静的时候，先会有一道白光照亮周围。然后，啪的一声，像是天空被打碎了，土地抖动着，所有的梦即刻停止。想想，他就是在一声声的雷中长大的，现在那东西又从天空降下来，十几个人同时被照亮，又一起熄灭。

他们坐在四号库的门口，面前的面粉加工楼孤单地在风雨中站着，无数的雷在它的顶上劈响，雨水使它的颜色变深。它是本地区最高的建筑，有五层楼的高度，在它房脊的中心有根避雷针，是那种最普通的分成三个叉的样子，每看它一眼他就会想起枯骨的手掌，这也是全团唯一的物件。一个雷从天空直劈地上，远处的麦场上滚着一个火球，空气逃避的声音震动耳鼓。避雷针英雄而孤独地立在那儿，也许只有它才不怕雷这东西。

雨下着，雷打着，十几个人坐着。

"谁敢爬上房顶，摸一下避雷针，我输一瓶酒。"

他冲着风雨说着，没人理他，甚至想打赌的兴奋都没有。

"再加一瓶！"

还是没人理，大家知道这是个死赌，没人应承。过了一会儿也有人加两瓶、加三瓶地起着哄。雨更大了，雷闪更密，更没有人应承。我们经常赌一种死赌，比如三九天光屁股在麦场上跑一圈，当着全连男女老少撒尿等等。这种赌是每个人都会想起，但又不敢实行的一种梦一样的东西。

"谁的证人？"

眼镜从房檐下走出来，此时他摘了眼镜，样子很别扭，像个陌生人，十几个人看着他不说话。

"谁的证人？"眼镜又问。

"大家都是，摸一下避雷针，十二瓶酒。"

狮鼻看着他平静地说。

眼镜脱了上衣，紧一紧鞋带，走进雨里。

他此刻有点走神，这个赌也许不该打。他看着那个避雷针很远很飘逸，像是个不能到达的地方。

眼镜在雨里走得很从容，他不回头，没有人知道他脸上的样子。他走近面粉楼，那儿有一架砌在墙里的铁梯子，他站上去，开始爬。没有人说话，甚至没人抽烟。一个明亮的闪电把四号库照得雪亮，每个人的影子扩张开来，而后缩小。他不想看在梯子上爬着的眼镜，雷声这时似乎预先埋在了他的心里，打响一个，他的手抽紧一下。眼镜站在了高高的房檐上，他直起身子在坡度很大的瓦上走着，还有二十米左右的距离他才能摸到那根倒霉的针。雨更大了，瓦想是很滑，眼镜开始用手扶着瓦往上爬。一个极亮的闪电掀开天空，雷声贯下。眼镜很清楚地在闪电里站着，那闪电熄灭时，眼前的一切似乎都消失了。有几个人站了起来，那房上似乎不再有人。没有人出声，连雨的声音也被屏住的呼吸制止了。房子上慢慢爬起了眼镜，他站起来，走过去，一把抓住了那根避雷针。在天空下眼镜像个英雄孤单地站在那里。他高喊了一声：

"看见了？"

"看见了！"十几个人回答。

那一刻没有打闪，雷在远方响着，云层还在移动，眼镜站在游动的云的背景前，似要飞去。十几年后，他也没忘了那个情景。

他没有再看眼镜怎么下来的。十几个人冒雨跑回了宿舍。晚上每个人都喝醉了，只有眼镜一滴酒没喝。

小儿无赖

今天是"六一"儿童节，记起小时的一些趣事想讲给女儿听。她不听。她说她现在正是小时候，想的多是大了后的事，她觉得我那些小时的事，一点都没意思。她马上要骑车出去找同学玩，玩一个下午，天黑了再回来，拜拜。

她走了。

那些趣事在心里，此时像摆好了的一桌华筵，没人来吃。收又不能收回去，吃又一时找不到合适的人，只有自己再默默一嚼，算是对旧岁月的尊重和怀恋。

一

一九六〇年家搬到羊坊店，楼四周都是菜地，菜地常绿，绿的中间有一些白石碑（俗语叫王八驮石碑），石碑上的字很高大。仰起头来读，大多的字不认识，也不见标点。那么多字不认识还要读，是为了表示学习后的喜悦。几个小孩一起读，认识的字读出声来，不认识的就用"什么"代替。读出来大概是这样：什么什么建什么什么碑什么什么什么。有时一行中无一字认识，就什么什么什么什么地下来，绝不偷懒。一群小孩在一块碑下读"什么"的情景真让人怀恋。

现在还有此情景。那日坐车，有一小孩也爱读字，不识的也读"什么"。什么什么小吃，什么什么店，什么什么什么。读到一则"口肉（内）厕所"时，全车哗然。

上到六年级时，"文革"开始。碑都被放倒了，躺在地上，字可以看也可以摸。那些字的笔画带着手指在石头上走，像你能写出一笔好字。捺的感觉让人觉得很放开，竖从来要谨慎。惋惜的是这些字不能带回家，它们长在石头上，不能被取走。

有个叫"条子"的同伴说可以把它们拓下来。方法是把一张白纸铺在碑文上，然后用铅笔不断地在纸的表面涂，那个字就拓在纸上了。试了一下，真这样。以后的日子我们就忙着拓字，很多小孩加入了进来。把一个字从石头上印下来，那真是技艺带来的幸福，我们得到的字和石头上的一模一样。

直到一天那些字被人用锤给砸坏了，我们才终止了那项工程。那些字破散了。有的还有隐约的面目，有的连笔画也不见，再读又是：什么什么什么记什么什么什么。

二

走街串巷给人理发的匠人手里有个响器叫"唤头"，看过金受申先生写的《老北京的生活》才知道，那东西在清朝时有多么威严多么厉害。它很像我后来见到的音叉，响起来也是让人齿冷。

磨刀的早已都吹一支黄铜的五音号，并不像现在拴一串铁片子，哗哗地抖。磨刀的吹号只有两个音"5——i"，用字音来表示很像"吧——叭（屎的一种别称）"。

磨刀的人到院子里来小孩都高兴。看他抢刀磨剪的操作之乐还在其次，主要是他举起号来将吹未吹时，所有的小孩都会稍跑远一点，齐声大喊：吃什么呀?! 他的喇叭正好吹出一句：吧——叭（屎）。接续得当。小孩听完后大喜过望，奔走拍肩，觉他上了一个大当，自己占了一个大便宜。倘他真急了，回身做追打状，小孩就更乐，东奔西跑，远远地等着他再吹。搞得那些磨刀人欲吹又止。

有一磨刀的，几受其苦后，有一天来院子里，总是做欲吹的样子来骗小孩子喊。小孩子喊过后他就不吹，数次后小孩子不喊了。他突然自己喊起来：我是你们啥?! 然后吹一句：吧——叭（爸爸）。小孩们不笑，觉得吃了大亏，以后这游戏就不玩了。他的生意也就不太好，大人们觉他玩笑开得太大。

三

地下室有很多管道，夏天那上边渗出水来，滴在地上，是黄色的。除了管道外，还有好多锹镐工具和一些草袋子，草袋子下边有潮虫，它们跑得挺慢，都能被踩死。

那里还住着一只野猫，特别凶，白天也敢蹿来蹿去的。我们看见猫都不自在，一见它就像长出一身毛来，发躁。

有个小孩常去，他知道所有开关的位置。他开灯时有回声——啪啪——黑的地方亮了。我们看见平日熟悉的脸，在灯下多了点神秘。

一间屋子里堆了好多纸口袋，比信封小，比扑克牌大。我们发现时特别高兴，先拿它做弹杏核的赌注，而后掏出铅笔在上边写骂人的话，相互传递。有个被骂的小孩在收到"某某王八蛋"后，在一个口袋上，写出了一长串话（现在看也不能说是诗）。

你骂我我不听，你妈是个×国兵。

×国兵尖鼻子，你妈是个毛驴子。

毛驴子四条腿，你妈是个烟袋嘴。

烟袋嘴不通气，你妈是个小淘气。

小淘气真叫好，你妈是个大红枣……

（是我记忆中第一次见的顶真格用法）

骂和被骂都烦了后，有个小孩偶然用气把那只纸袋吹鼓，折严，放在脚下一踩，嘣的一声，特别响。这发现使大家兴奋起来，纷纷效法，整个地下室一时嘣嘣大作，尘埃排空。

这些纸袋上，都印有两个相同的字"内服"（原不知什么意思，现在想该是药房发药的纸袋）。为壮声威，大家在踩之前先高喊一声"内服！"而后用力跺去，纸袋崩碎，脚跟微麻。

内服——嘣！内服——嘣！大家被这简短的口号和干脆的响声，刺激得竞相夸耀（也有人没扎紧纸袋，内服——啪。此类统称"蔫屁"，让行家不屑）。

内服——嘣，一直带到地下室外，院子里碎纸飞扬，嘣嘣不断。大人们把头伸出窗来，他们傻看着，不知世界发生了什么，不知为什么要喊一声"内服"。

四

放学的路上先经过一个工地。有个工人，在用一支竹梢抽"麻刀（碎麻）"，他把抽好的麻刀归到一起，等着和石灰用。还有一个工人在弯铁丝，铁丝的粗细做弹弓正好。

再过去是菜地，菜地里有一条狗，狗很凶。我们都学会弯腰捡石的招儿，但不大用得上，狗真来追，还得跑。

有一棵槐树上长满"吊死鬼"，那东西在手心上爬的感觉又冰又痒。它们和蚕一样吃树叶，被它们吃了的槐树冠，远看像一张破了的渔网。这种树上麻雀很多，它们吃起吊死鬼来挑挑拣拣的。

还可以凑钱买根冰棍，冰棍剥开纸时，在太阳下冒气，像热的。先吃的人咬一大口，然后吐出来捧在手里吃。吃急了，他说：冰脑袋。

在一块水泥台阶上拍洋画很平。有个小孩这时爱用石笔画飞机战舰类的武器，边画边发出激战的声音。很高的音表示速度，爆炸时有由强到弱的回响。他画了一地兵器后，再画一个人，戴官帽有肩章，旁边写上"司令"和他的名字。他把"立正"喊成"立定"，他说：立定！报告！他把自己画得那么威风，不和我们玩。我们就一起喊：报告司令官，你的媳妇没有裤子穿，穿个小裤衩，苦个小屁眼。然后掏出石笔画很多炸弹，嘴里发着声音把他的兵器涂得一团糟，在他的名字下加上"是我儿"三个字。

他在一堆土后边伏击我和另一个小孩。我们相互撇石头，用"冲啊""顶住"等词。我的一块石头把他的头打破了，血流一耳朵。我和那小孩都很害怕，跑过去看见血正从他的指缝中流出来，他没哭，并肯定那块石头就是我打的。我忙在地上找到一张红桃 K 的脏扑克牌，贴在他的破口子上。那张牌上的人，手持一把剑，那把剑上现在有了血，我突然手足无措，泪流满面。

还是那年暑假，有天玩累了回家，打开门看见他正坐在我家桌子前吃葡萄，以为走错了家门，再看没错。问他怎么进来的，说他家阳台钥匙和我家大门的一样，他一开就进来了。我试了一下，真是那样。

现在想起，他坦然在我家吃葡萄的样子，像我的亲人。

五

有对双胞胎兄弟，总让人认不清，他们穿的衣服、说话的声音都一样。没伴玩时，他们俩玩，弹球、拍三角、撞拐都玩，那情景特像自己和自己玩。他们俩也打架，像用自己的手揪着自己的衣服领子，对打。感觉是一个人分成两半，互相打，那情景怎么看都是个"真实的幻觉"——你没法把他们看成是一个人，也没法把他们看成是两个人，有段时间这个问题使好多小孩挣扎不出来。

有种游戏叫"拍粉包"，先在张牛皮纸上用针扎一个王八的形状，然后把这纸折成个纸包，在纸包里装上细石灰粉。拿在手里，看见小孩，走过去假装亲热在他背上拍一下，倘是蓝衣服，那拍上去的龟形就特别清楚。拍上去他不知道，最让人兴奋，大家窃笑，他要能把白龟带进教室或带回家，那就是游戏的胜利。

给双胞胎兄弟拍粉包不容易，他们像一个人长了两双眼睛，有一双眼睛总是看着自己的后背，别人轻易拍不上去，终于拍上了也会很快就发现，被另一个他掸掉。这使一个游戏失去了娱乐的效果，久了，大家都不去他们背上拍，他们的背上就没有白灰的痕迹，很干净也很空落。

有天，我没事趴窗户往外看，看见他们哥儿俩各自拿着一个粉包，边玩弹球，边偷偷往对方的身上拍粉包，每人背上都印了好几个白王八，他们各自高兴，相互不知道。我看到了一种由损害出发的自娱，他们还特别像自己和自己过不去，但已不是一个人。那天，我把他俩分清了。

六

蓖麻种子光滑得像一颗颗小眼睛，有一个硬壳，硬壳里边是包油脂。把蓖麻种进土里，到秋天它能高过我们，秆儿青脆而空，折一下可以做极为凶悍的弹弓枪子弹。蓖麻籽裹在一个有刺的包里，干了裂开，在地上能找到。

蓖麻籽不能吃，收了的蓖麻籽可以到粮店去换豆饼，豆饼好吃。吃豆饼很有那种吃酥皮点心的形式——用手捧着，吃完了手里也有一层油。

那年春天，我们有二十多粒蓖麻种，在楼下找了一块空地，种下。地挨着一条流污水的阳沟，我们用阳沟里的黑泥做肥料，用一块铁皮为苗床松土。

种下去三天后，我们曾把那些种子又挖出来看了看，一是怕丢了，二想看看它们是不是在发芽。都挺好，大概只有一颗没找到。我们把两个蚂蚁洞搬走了，担心它们会把种子盗走。

苗出来了，在风中一摇一摇。只有十几棵，都很娇嫩，没法把它们带回家，对它们的担心特别多，我们几个在那个夏天变得像些讨厌的父母。

我们每天都要来这块地看看，走时再撒上一泡尿，据说这样可以增加那块地的养分，我们尿都撒得很勤，有时把早上的尿也憋到这儿来撒。久了那地中有股亲切的尿味，我们知道那味越浓，苗就有可能长得越好。

……它们长得真快，暑假时已经快高过了我们，枝丫粗壮，叶子像很大的一张脸。它们已不大再要保护，有人路过时，不小心还会被叶子在脸上划出道子。它们苗壮得使我们觉得自己的责任已是多余——没必要了，蓖麻显得比我们还要大，还要独立成

117

熟，我们要抬头才能看到它的全部。这感觉让人沮丧，蓖麻已长出了我们的心，它让人觉出了一种陌生。

我们不再天天去，一泡尿在一棵大蓖麻下也显得微薄。它们在阳光风雨中，绿着自己的绿。

开学后蓖麻一天天黄了，那些籽在枝头等着人去收，像是一些就要到达的目的地。谁也没去收它们，我们把自己种蓖麻的初衷忘得一干二净。

想起一些人

"天"字的写法

伯远是我朋友，同去过北大荒，回来同分在一个单位。在北大荒伯远就是电工，曾在线杆上操作时，被电昏过去一次，醒来喊的第一句话是：毛主席万岁！（发自心底）我曾怀疑他没被真正电昏，否则，不会比我们还清醒。伯远以此事在六团闻名。

伯远姓母姓，因父招赘之故。母家产大，京西有名。"文革"时光砸的明清瓷器，碎片在屋中铺了尺余；偷倒入玉渊潭的银圆以筐计。每忆及此，伯远并无半点惋惜，只见些光彩——脸上的，嘴上的，动作上的。反使听者咋舌，无端地帮着联想：若这些东西留到今天，该是个什么成色。

伯远回北京后，依旧当电工，腰系皮带，皮带上悬一大家都见过的电工夹，刀、改锥、钳、电笔样样都有。一走皮夹撞屁股，呼扇呼扇，像绵羊尾巴。电工那时很牛，轻松，重要。伯远

119

闲了并不看《无线电》杂志、《电工手册》之类的专业书，手里拿根笛子，不吹，练指法。几个手指在笛孔上闪动，心里默念曲子。伯远笛子吹得挺好，在台上演出过《扬鞭催马运粮忙》，吹完了返场再吹《帕米尔的春天》。台下说他干过专业，其实他没干过，考都没考过，伯远就是喜欢吹，专业不专业不想。

伯远上班吹笛子总误事，后来受了批评。他就改在午休时吹，为抓时间，中午不吃饭，违反了饱吹饿唱的规矩。伯远有底气，不在乎，他在我们还没胖时就率先胖了。伯远说他胖的原因有二：一是被电过一次，再是中午不吃饭。除了吹笛子，伯远还喜欢听京戏，最爱听梅派，以为雍容无比，电工班因此常传出丝弦锣鼓声。他师傅早年曾给裘盛荣开过车，颇知梨园事。伯远平时问戏的时候多，问技术的时候少，所以，他干了多年的电工，只停留在接电灯、拉线的水平上。

戏听多了也误事，一次他师傅在一根新线杆上操作，等他回去取铁丝。暑天，上午，活晒了半个钟头。待师傅等不及回来找他，看他正听《贵妃醉酒》，比贵妃醉得痴。

伯远秉承老派人的看法，认为高派老生是叫驴，马派才有韵味，从不听李和曾的唱段。我与他看法相左，每起争执，各自不服。好在我能唱，他不行，再喜欢也是个哑爱，只听而已。我常吼《逍遥津》气他。他说我是意大利味的，很伤人自尊。不过我们还是朋友。

伯远有一天突然对我说，想把写字捡起来。从没看过他写，不知这一捡能捡起什么。后来，果然置了笔墨，在废报纸上写起来了，真正的颜体，楷书《家庙碑》有几分形似，我有点吃惊。他说小学六年级前练的，后再没练过。并大向我兜售颜体楷书之正，之稳，之饱满。看我不语，就鼓励我写两笔看看。我写完后，他说：一看就没练过，顶多写过几张大字报。而后，他写得更专一。

自写字捡起后，伯远中午依旧吹笛子，晚上下班不回家，在电工班练字，每至八点后才走。他家在西郊，路上要一个多小时吧。伯远如此地苦练，终于有人来请他写"操作规程""岗位责任制"一类的东西。伯远有时用漆写，有时用墨写，视本主的要求定。

后来，伯远的一条绿化标语被一业余书法家发现了，认得已有四成功夫，就想见见他。找他时他已住了医院，说是鼻咽癌。我去看他，他在读帖，依旧是《家庙碑》，他似知道已染了绝症，只是未说，谈了很久一个"天"字的写法。

凝固的火焰

五月，拖拉机翻地时，犁铧的后面总飞着成群的乌鸦。它们如果只是一身黑，并不聒噪，也许还不讨厌。它们叫，每一声就像个恶消息；在空中拉屎，俯冲下来，抢夺那些从打开的泥土中仓皇逃出的田鼠。它们嘴上有血，成群地飞起降落，像一张黑斗篷，披在红色拖拉机身上。当黑夜也打开翅膀时，乌鸦才会离去，三三两两地交谈着，像下了班的矿工。

天空和大地静了，泥土发出新鲜气味，春天的动荡之夜，能听到幸存的鼠在呼唤亲人，这将是个悲凉的夜晚。

他打着了火，天地间有这唯一的光照亮了他的烟和疲惫的脸，黑夜在深处看着他。土地接近了天空，夜把一切都挤压在了一起，他喊了一声，声音很远，像另一个人在喊。

这土地太大了，这土地能把十万只鸟和十万只田鼠淹没，不能淹没的是他抽烟时一闪一闪的火光。人干吗非要依靠这泥土上的庄稼？一个人种一百个人吃的粮食，那一百个人知不知道他？知不知道他两夜没睡觉，嘴里充满了烟草的苦味，头上还有乌鸦拉下的白屎（田鼠身体的残渣）？他们不会知道，一百个人都不会知道，这些只有他一个人知道。这很公平，我们不该让一百个人都来田里劳作，像所有的乌鸦都云集土地一样，人不该像乌鸦。

他再想喊。没有。星出满了，每一颗都是一双眼睛，他怎么也不能把星星想成是一只眼睛。那确实是一双，因为远才并成一只的。天上的眼睛都在看我，温暖而怜悯。一个人躺在田野上，被群星注视、抚慰，各种各样的梦排好了队，等着召见。他觉得此时在世界上，再不会有人像他一样地看和想。这独有的情境使他生出了久远的悲凉。

他睡着了，嘴上停着一截抽剩下的烟蒂。

来接班的司机，没带来换班的人，他还要坚持一夜。三天三夜，一个人在犁铧操作手的座位上，看着乌鸦变成星星，星星变成乌鸦。他此时真想变成一粒麦种，在土里温暖地睡一会儿。不行，拖拉机发动了，车灯照亮前方无边的黑土，他挣扎着飘上犁铧手的座位，放下操纵杆，车开起来，泥土被一条条划开。夜在左右，星在头上。

他醒来时，听见一只乌鸦在头顶犹豫地叫着，像一种询问。他没能睁开眼，睫毛被黏住了，拖拉机的声音在远方。他慢慢感到身体各处开始疼，他努力用左手扒开眼睛，看见了自己挂满伤口的身体。衣服被划开了，皮肉被划开了，还有右半张脸。

黎明时，他在犁铧手的位置上睡着了，翻了下去，两片犁铧从他身体的右边划过，那些被泥土磨亮的锋刃划破他，然后在黑土中再擦干净他的血。司机回来找他时，他说了句：快把乌鸦赶走。

没有死，伤好后，他成了分成两半的人，一半依旧俊美，一半布满伤痕。

二十年过去了，我昨天偶然碰到了他。他把那一半脸藏在灯下的暗影中，另一半脸的苍白使黑夜像铁一样硬。我没能说出什么安慰的话，甚至所有的话都不真实，不得体。我们一再地握手告别，转身时，看清了他的那一半脸，像凝固的火焰。

麦　客

我对"麦客"一词的认识，来自一篇同名小说，作者忘了。麦客这词很像洋人名，其实是指麦地帮人收麦的临时短工。北大荒也有这类人，不叫麦客叫盲流。乍一听像是与流氓有点关系，实际不，是指下关东没户口的黑户人。

今年六月去西宁路经宝鸡，下车透风。站台上坐卧着两堆疲惫的人，穿着破旧，鞋已卷了底。他们没什么行李，人手有把镰刀，镰刀很怪，两根穿榫的"丁"字形木架上镶一片刀刃。我割过麦，还头次见这种镰，借过来看，觉得笨，不好用。他们也不争辩，接回镰刀去，用手在光滑的刀把上来回搓，像是因了我那话在安慰刀。

问去哪儿，说回天水，麦收过了，回家。问钱挣下了，说尿，割一天脑袋快扎地里了，十亩麦挣六块。（我割麦时十七八岁，一天也割不了十亩。）问咋不想干点别的，说不会呢，除了种庄稼，别的不会呢！很自嘲，很忧伤。

不再问了，再问就像装孙子了。

人堆中间立着瓶啤酒，一年长的麦客指着那酒对我说：解决下困难吧，刚给人卸了车啤酒，给了一瓶这，你把它买下吧。我接过酒，倒过来看，新鲜的，就又送给了他。问卸一车啤酒，就给一瓶？说帮忙呢。他们嘴都干着，脸都黑着，像罗中立的那张画。我劝他，那你把它喝了。说咋，喝这，看你说的，看你说的。旁边一年轻的说，喝不惯呢。说了笑笑。我记不起当时是仓促没带钱，还是不愿在他们面前做喝得惯的人，就不便买那酒。

问他们怎么不上车，说票车哪儿能坐呀，刚才卸啤酒就是为了进车站，等向西的货车来了，爬上去走。（这我才知道刚才卸的是一车啤酒，欺负人呢！）

老汉又劝我解决他的困难，买他的酒。我说，你就痛快一回，把它喝了！又说，看你说的，哪能呢，哪能呢。转过头去，老汉又看了看旁边的人，没有一个人有买的意思，酒还在那儿立着。

西行的货车进站了，停下了，二十多个麦客拿起各自的东西，跳下站台，横过铁轨，往货车奔去。老汉把啤酒掖进怀里，走在后边，那啤酒于他实在是不方便了，那酒应该留下。

没卖的酒，不知他又派了什么用场，送亲戚，敬朋友，或进奉给领导，什么可能都有，但他自己不会喝，绝不会。

文字写到这儿，我才想通，我没法买那酒，我没法掏出钱来给他，再把那酒拿走，那么做，这孙子就装大了。想起老汉的"哪能呢，哪能呢"，谁敢买那酒，谁配喝那酒呀?!

素　　香

在汝阳插队时，搭伙的大嫂家门前有条河，河岸上是路，路下有一片莲塘，再远处就是山了。冬天坐在院墙下晒太阳，眯着眼睛，看山远；睁眼看，它近了，一眯一睁，它像在走。

河岸的路上过人，上学的孩子，女孩扎头巾，男孩戴小帽，书包是碎布拼的，颠在屁股上，吧嗒吧嗒响。老师也从这儿过，民办教师，挣工分，不吃商品粮。有个叫素香的教师，大眼矮身量，每次走在孩子们后面，如看我在吃饭就问甜汤、咸汤（河南管吃饭叫喝汤，甜汤是指素粥类，咸汤指面条类）。问完了就笑，有笑窝。

素香原有个男朋友，也在学校教书，大嫂的儿子告诉我，学生看见过他俩在教室里亲嘴。该是很好过的，不知为什么就吹了。那时谈恋爱，先一个条件是看你吃不吃商品粮。穷怕了，饿怕了，感情就放在了粮食的后面。

有次她过小河来说给我看件东西——是篇三年级小孩的作文。写自己姐姐夜里织布的事儿，读了让人觉得忧伤。我夸写得好，夸她教得好。她笑着又拿出张纸来给我看，是首诗，写了好多痛苦、锁链、死亡什么的。不知她为什么给我看这个，话一时说不出来。她说是那人给她写的，一天一首。她知道他苦，但家里人知道他俩好了，就常打她，母亲曾两天不吃饭。她没办法，她也苦。说着哭了。

不知为什么我被选作了倾诉对象，也许是个外乡人的缘故。想劝，话不知如何说，就掏出块不太干净的手绢递给她。擦了，越擦越流泪，跑到小河边上，把手绢涮涮，湿湿地捂了会儿脸。农村的女孩子也美，现在想想是因了那份纯情。把手绢还我后，收回那首诗，就要走。我说，跑吧，跑一个月再回来，事都了了。她站下，想了想说，不中（不行），那人不敢。说完走了。

"那人"是个会写诗不敢跑的人，女人常为这种人流泪。

汝阳最切肤的感觉是饿。晚上喝下的汤，大概两小时后就被过滤尽了，长夜漫漫，一饿就睡意全消。睁着眼睛想那些在饥饿中还受着爱情煎熬的人，自己该算是有福的。

大队有个保管员，生性灵活、敏感。自从看我在路旁莲塘中抓过青蛙吃后，就常邀我晚上去办红白事的人家吃席。先还告我，这家新买了房，那家娶儿媳妇，再一家儿子招工了……吃过几次后，就不再告我，只说晚上别出去，有事。我就明白了。

酒大多是在油灯下喝的，人影幢幢，举杯、猜拳的影子都映在墙上，像凭空多了一倍的人，热闹了许多。那时我对酒的认识还在桌上的菜之后，以为喝酒的目的就是吃两口好菜。

一天，去一户挺穷的人家，看见了素香。人瘦了，有种无奈的喜悦在脸上。问旁人，说是她哥娶媳妇。素香忙着端菜招呼客人，看见我时就笑笑。

过了两天，往地里拉粪时碰见她。她说，那人考上技校了。我说，这该好了。她说……把诗都要回了。你给了？给了……也好……

到地头了，她说赶明儿再回北京给我买几本高中课本吧，想也试试。我说行。

一九七七年，我办回了北京，曾买了两册语文书，原想买齐了一起寄去，没有，搁忘了。昨天翻旧书，偶翻了出来。想起失信的人，不止"那人"一个。

欣　　嫂

欣嫂从不给狗起名字，不像人家的狗有个大黑或黄花的名。欣嫂管狗就叫狗，出门时狗跟出来了，欣嫂就喊：狗，回去。狗就站下了。欣嫂再喊：狗回去。狗就回去。欣嫂管鸡叫鸡，喂食时叫鸡鸡鸡鸡……鸡就跑来了。欣嫂还养了一只猫，欣嫂管猫叫花儿。

有次花儿叼来一只鸡，欣嫂看见，把鸡给抢下了。是只没头的鸡，欣嫂看着没头的鸡，嘴里叨念着：这货，这货……欣嫂烧了开水，把鸡毛煺了，把鸡肚子掏干净了，炒了足足一盘，来叫我，说：吃吧，这货。

我有点不敢吃那鸡，倒不是因了欣嫂那可疑的"这货"，委实是因了那鸡不明确的死亡。虽然饿，还不到要吃一只病鸡充饥的地步。于是百般地推让，让急了，欣嫂说：猫叼的一只死鸡，又不是家养的，吃吧！

吃了。吃的时候，把病和死都置之度外，吃出壮烈来了。

汝阳有一种害狗的方法，把电石塞进一块红薯中，扔给狗吃。饿了的狗囫囵一吞，把电石也吞进了肚里。电石一遇水，就炸了（从气焊中可以看出）。吃了电石的狗，非常痛苦，它们不能很快就死，有些狗要被苦苦折磨一天。

欣嫂的狗被人下了电石，早上出去好好的，一会儿狗摇晃着回来了。欣嫂正在喂猪，放下桶时看到了狗忧伤的目光，欣嫂喊了声：狗！狗支撑着身子一动不动。欣嫂拿了块黑馍来喂狗，狗撑住身子抬起头来看看欣嫂。

欣嫂冲出院子大骂起来。欣嫂最有力的语言是：要是个人就别害不会说话的畜生。王八日的，来世变狗被药死……欣嫂骂街时，路上没什么人，欣嫂对着地里的庄稼骂。

狗撑着从院子里晃出来了，像是要展示痛苦为欣嫂助阵。欣嫂看着狗，再骂时就流泪了：狗，你没出息呢。黑心贼的东西你也吃呢……狗你可怜呢，怪我没给你吃饱呢！狗你是个好狗就不死，就不死，不能让给个王八日的高兴呢！

中午了，路上人多了，欣嫂骂得真伤心了。没人劝她，大家看着打哆嗦的狗，争论着这狗会不会熬过来。

狗突然摇晃着摔进门前的小河中，狗披着一身的湿毛在河里站着，默默地使欣嫂的悲伤与骂都升了一级。众人下河去忙把狗抬了上来，刚抬上来，狗又自己冲进河里。狗执着地要把这场景表现得更惨烈些。

有人开始跟着骂害狗的人了。狗在河里站着，一动不动。它应该能认出那个害它的人，不知为什么它没有把他指出来。更多的人来看狗，他们等着狗支撑不住了倒下。在这时候他们觉得欣嫂的骂，没有狗的沉默来得更加有力。

欣嫂在被人冷落后，不再哭了，她不知应该怎样，她希望狗能适时地倒下去，那样她还有大骂一通的机会。

没有，直到晚上下工时，狗还在河里站着。每个过路的人都说，这狗咋还没死。

晚饭时，欣嫂出来看了看狗，欣嫂说：狗，你这是咋的呢……狗。欣嫂说完话就关了院门。

那天夜里，狗倒下了，不知什么时候倒下的。第二天，河里漂了只大狗。没有声音，头沉在水里。

破

做过的奇怪梦中，没有一个死的梦。死了，尝到死的滋味，再醒来。没做过这样的梦，死也许太庄严，庄严得不屑入梦。问别的人，他们也没做过。死不来入梦……

看见过死，苍白，冰冷，没有血，像一本书，上边的字突然消失了，变成白纸，一页一页地翻，都是白纸。那样的死，再晴的天，也要眨一下眼。累了。就在眼前，一阵风起，像是从你心里刮出来的。

一

他们从三分场十队搭上的车。妇人怀里有个包，是孩子，有轻轻的哭声；男人脏，结实，嘴上挂着长烟屁。天冷，我们在卡车上传喝着一瓶白酒。冷天的白酒，喝进嘴里也冰牙，咽下去，到肚里才有一点热。想把酒也传给那男子喝一口，看他操着冻僵的手在卷烟。

那天，我们四人是去场部拉面，队里没面了，早饭开出来的是土豆和黄豆。二豆糊糊就咸菜条，大家都骂食堂是猪圈。

第二轮酒传到我嘴里，只剩了几滴。酒到剩几滴时最香，一点一点滴进嘴里，浅浅的滋味，化了，还来不及咽就散了，嘴还希望着，摇摇只剩了个空瓶，口里的滋味却长。

男子卷好了烟，转过身点火，背过身抽，是个行家——顶风火，顺风烟。他抽烟香，一大口憋好久再吐出来，眼睛一闭一合。

天真冷，有尿都不愿撒，怕那一点热气放光，身子就冻透了。老塔儿说，冻死的人肚里没尿，真要冻死时，是觉得身上像着了火，热得疼。老塔儿说这话有资格，他冻坏过两条腿。

包小孩的包儿，好久没传出哭声了。

小孩不哭，妇人哭了，没声音，低着头。眼泪滴在前襟上，刚滴下的眼泪就冻成小冰珠。干吗哭呢？

男子的烟熄了，嘴上还是个长烟屁，好像什么也不知道。

车过东山，坡上跑出来几只狍子，欢腾着，像春天。

妇人哭出声了，肩膀耸着，男子啪地吐了烟屁。

哭啥，死了再做一个。

妇人还哭。男子又卷烟。

别哭了。死了怕啥，再做。

什么死了？那孩子？不会吧，刚才还有哭声。打开来看看吧，许睡着了……

是张极小的脸，皮肤白得像透明的纸，眼睛闭着，没有一点声音。我用手碰了一下孩子的脸，凉的，像雪地里的玉石。真死了，狮鼻的手放在孩子的嘴前。

就死了，刚两个月，这么冷的天，干吗抱出来？

孩子病了，夜里发烧。男子又在卷烟。

也许是昏过去了，到场部医院还能救过来。

不行了。这孩子，活了又能怎的。

妇人停了哭，松松地挽着那个包。一个抱着死孩子的妇人，脸上的忧伤，比天上的星还要远。

死来得真快，喝几口酒的工夫，抽一支烟，那么一个小孩，像白光一样，灭了。我刚摸到的玉石，就是死，雪花落在指尖上，化了。

原本活的，死了。这孩子就和包他的小被子一样，也不哭，没有声音，冷不着，热不着了。

我们四个人缩着头，加在一起的冷超过一块冰。我们十七岁，没怎么看到过死，真想为那个包里的孩子做点什么，哭，或是能轮流把他暖醒。

到了场部，他俩走了，我们去装面。

停电，一袋面也没有。

我们去逛商店，远远看见了他们。妇人手里没有了包，她在柜台前挑着一块花布，像所有逛商店的女人一样，认真地看着那块布，拿起来，在刚抱过孩子的胸前比了一下，在刚结过眼泪冰珠的胸前比了一下……

那花布可真耀眼。

我们退了出来。这么快，风还在刮。那小孩去了哪儿？像从来就没有过。

二

那年老尖吃磺胺过敏，住进场部医院。是个夏天，他身上长满了风疹。长满风疹的老尖，像块粗砂纸平放在病床上，他悄悄告诉我，隐秘的地方长得最多。他说要不是怕死，绝不来医院，这儿晚上臭虫特别多，那些臭虫在他一片片的风疹上又咬出几个疱来，使他浑身上下生出各种各样的痒，手一摸，觉得那张皮，像自己的，又像别人的。还有——老尖用眼瞟了一下临床的病人，他快死了，肚子里都烂了，好久没吃东西了，你闻见一股腌缸的味没有？我有时醒了都不知自己在哪儿，真有点怕，我他妈的怕极了。

那人在很脏的被子外露着头，没看过那么瘦的人，只有头发和皮。眼睛闭着，平静得像片阴影。

是知青吗？

不是。才十六岁。

家里没人？

有。你进来没看见有几个人在走廊里耍钱呢。他哥，他舅。

怎么不管他？

也管，隔一会儿来看一眼，看过就出去。

昨天夜里，我起来，看见他睁着眼睛望窗外，目光像水一动不动，那眼神真让人伤心，我去把他哥叫进来了，问他要啥。没

133

说话，眼睛又闭上。十六岁，在家里忙活儿，病耽误了。

这时那人醒了，眼睛在找。我走过去看他嘴张开，声音弱得像一丝线头。我俯着身听他说：开门。好像说的是"开门"。老尖问我，他说什么。我说开门。老尖说你把他哥舅找来吧。我说行。那人又张开了嘴，他的声音大了点，说：菊在吗？好像说的是"菊在吗"。我没法回答，推门去走廊找那四个农民。

他们刚打完一局，一个人在理牌，那三个都在卷烟。我说他醒了。他们没动，卷烟的人还在卷。我说他问"菊在吗"。有个年轻的嘟囔一句，站起来，进去了。另外的人开始抽烟，整理身前的火柴棍（赌钱筹码）。

他病得挺重。

苦呢，不赶死了。

许能活。

不赶死了。

我原想再问菊是谁，没问。耳朵眼里那少年的一丝语风，清冷。

第二天早上，再去看老尖。四个农民站在走廊里。那人的床空了。老尖说早上四点死的（也许是三点），死得很轻，像块冰，你稍不留意它就化没了，跟他活着时没什么两样，死在他身上没界限，就那么一下，也许连那么一下也没有，平地一样地走过去了。听他说的最后一句话是"天还不亮"，他盼着熬到天亮，以为天亮了就能再坚持一天，他舍不得死，实在挺不住了，他舅来摸时，人已经凉了……

这几天我像过了几年，看见身边的一个人由活到死，我的世界观都他妈变了，觉得生活有点像护士手里拿的冰袋子，冷得哗哗响，对好多事有了不同的看法。死之可怕，是它摧毁活着的人，他们没那么脆弱，你来时看见那四个人了吗？等着收钱呢，他们把尸体给卖了。

你今天无论如何要接我出去，我他妈的不敢看那张空床，它好像打开了通往另一个地方的门，这门就在我身边，怕极了。

那天，医院不许老尖出院。他当着大夫的面，哭了。

三

跟李栓去四号地拉麦秸，麦秸没大用，用它烧炕太软，不够来回抱的。再说从康拜因里吐出来的麦秸都碎，收拾着费劲，没人收，放把火烧了。秋后，地里火光一片。四号地离队里近，麦秸留下来垫猪圈，和泥抹房用。

李栓套了匹大牲口，是黑马。八点，我俩往地里走。

李栓边赶车，边跟我讲荤故事。李栓讲到高兴时，就用鞭子狠抽下牲口，有两下抽中了黑马的耳朵，黑马疼，屁股上的皮毛在抖。

到了四号地，我用叉子装草，李栓解了裤子，冲着黑马撒尿。李栓撒尿时看着东方，那时太阳还红着，温暖得像能贴在脸上，给正在撒尿的李栓镀了层金光。

用叉装麦秸是个技术，不会的，一叉子下去，一根麦秸都没有。我就不行，空叉了两下。李栓边系裤子边说，你他妈的有枪都不会使。他系好了裤子来叉，先一片片地把麦秸叠起来，然后，叉子一抄底，挺大的一堆装上了车。我学着装，李栓在阳光里卷烟抽。黑马啃着蹄子四周的草根。

现在想起来，那是一幅挺好的风俗画——麦地，马车，单纯的劳动和上午单纯的阳光，田野中的声音很空旷，远处的村庄没有声响……

那只瞎迷鼠子（以后知道它的学名叫鼹鼠）从洞里钻出来时，麦秸已装了一多半了。它从黑马啃草的嘴旁钻了出来，黑马猛一惊，扬起头飞跑。我手里的一叉麦秸全落在地上。

李栓在麦地里边追边喊，车上的麦秸一下一下被颠散落了。李栓笼住了马头，又被它挣脱，车轱辘从李栓的肚子上碾过。我追上时以为他没事。他哭了，脸煞白，说肚子疼，想尿。

我从他身上掸掉麦秸，想扶他起来。不行。他说疼，要死了，快回队里找我娘，再带车来……

我带着李栓娘和车赶到地里时，看着李栓像变了一个人。他颤抖着，疼痛使五官移了位置。他那样虚弱，身上的衣裤已零乱。

李栓不让人碰，他身体周围的空气也是疼痛易碎的。李栓娘掏出块黑东西，掰下点在只粗碗中化开了，李栓娘坐在土地上，一下子搬起他的头放在怀中。

喝吧，喝了就不疼了。

李栓张开嘴，像婴儿小口小口喝那黑汤（事后我才知道黑块块是大烟膏）。李栓喝过汤后就平静了。

他娘说：闭眼睛歇会儿吧。

他说：闭眼睛黑……

李栓被抬上骡车时，太阳在正中。要去二十里地外的场部医院，有个车老板儿和卫生员跟着去了。

我收拾了叉子和轧断的鞭杆往队里走。大田地里和来时没什么两样，想起李栓觉得今天早上像个遥远的故事。再见到黑马时，我都觉得那故事似不真实。黑马跑回了圈，拴在槽子上吃料。我拿起鞭子在它身上狠狠来了一下，它的皮毛腾起一阵土，在阳光里飘浮。

李栓晚上被拉回来了。说是在半路死的，肝、脾全轧破了，没怎么疼，大烟送走的。李栓娘一直抱着他。卫生员说李栓娘没哭，李栓娘原有一只假眼，她真眼假眼都没流泪，只是最后说了句：你走吧，头前等着。

多少年后，我在美院看到了一张临摹列宾的《伊凡雷帝》，我看见了那幅夸张的画，我觉得儿子和父亲的表情该换一下，那才像我知道的李栓和李栓娘。我倒觉得伊凡雷帝的那只眼更像假眼。

在一天中想起了这三件事，在一些人表现出对死亡消息的超常悲伤和热情时想起了这三件事，我一直千方百计想理解，那片我劳动过的土地上的乡亲们为什么对死那么冷漠。他们眼里生死的界限那么模糊，从这个地方到另个地方，他们把死看成是暂时的，他们把生也看得轻，活着是个偶然，在他们心里好像有另一种永远。而我只认为生是唯一，我想维持的只有这个唯一，怕有一天它会在某处折断，像字典上说的"失去生命"。我只对这唯一负责任，把这唯一以外的时间看作是不存在，我一个时期失去了"永远"这个词，所有都是暂时的，今天是今天，明天没有答应必然会来，想象中的明天也不真实。我怕死，从没想过要对死负责任。也从没像有宗教信仰的人那样，以为死是对生的审查。我怕的是死本身，我以为那就是一切的结束，所以我经历的生在死的秤上无足轻重，在结束到来时我从不想自己够不够资格，我所做的一切从不对结束负责。我可以在我想结束时结束自己。我不像我的乡亲们那样，相信有轮回，相信有人会在"头前等着"。这样一个我，他活过吗？值得惋惜吗？

有资格称为死的人是因为他活过，什么样的人能证明自己活了，什么样的人配去死，死竟是高不可攀。说"生死要看破"这一个"破"字，有几个人能破得开。

作　曲

准备写一首歌的那天，盼着天快一点黑，最好没电；我已备好了蜡烛。

我借了一间屋子（办公室），据说那儿晚上的火是封住了的，很冷，茶杯里的水会冻上。但我不在乎，在寒冷的烛光中，边哼边唱地写一首歌，这首歌在没有诞生的时候，似乎就有了不朽的光彩。

没有人让我写一首歌，我是自愿的，也没有一首歌自然地从我的嘴里流出来。严格地说是我想制作一首歌，并拿它到佳木斯去会演，由我一个人唱，独唱，我唱我自己写的歌，这想法真是让人兴奋不已。

天黑下来了，星星亮得像钉子，如果它们是文字……

写歌要歌词，我准备第一夜写歌词，后几个夜晚谱曲。

动手了，我发现除了兴奋之外，别的都非常生疏。我所要写的歌词是什么内容还没有想过，原以为在寒冷和烛光中一切都会随之而来，后来才发现不是这样。火苗越来越长，蜡越来越短，冷已经浸进心里了，什么也没有，没有一个字出现。我一直在问，你不是要写一支歌吗？写呀！写呀！

我开始盼着天亮，我想睡觉，这儿太冷了，我想回宿舍去，我一个字也没有写出来。这结局不能让别人知道，我应该心事重重地像沉浸在创作中的那样，谁也不理地在天亮之后走回宿舍去……

第二天没人问我昨夜干吗去了，他们心里也有事，但不是为了一支歌。想到自己为一支歌而苦恼，是不是有点奢侈了。

还是夹着纸笔又回到了昨夜的屋子，我点蜡烛的手有点抖，我不知道今天是不是还会那样，我感受着当时的情景，想起了五个字——寒光照铁衣。这是《木兰辞》中的一句，我小学五年级学的，这是我突然想起的一句话，我把这句写在纸上，觉得有了成果，纸上有字了，虽然这字不属于我，但可以改变……

我决定写一首骑马巡逻的歌，虽然我从没有真正地骑过马，也没有巡逻过，但我还是想写一首骑马巡逻的歌。这原因有一半来自"寒光照铁衣"这几个字。

我写了，马、枪、身后的祖国。万家灯火和面对的"苏修"侵略者，我把一个骑马巡逻人的责任和寂寞都写出来了。那一夜我在一张木椅上情思奔涌，两段词一个副歌，在黎明前都写出来了，非常规整。我一点也不困，我沉浸在创作中，我想着下一步该怎样谱曲。

从那间屋子里出来的时候，心里几种旋律在涌动，我在星空下情不自禁地唱起来……

第二天，队里的人都说着昨夜有个人发癔症，到雪地里去唱歌，说那人是光着屁股跑出去唱的，梦游，并意外地把一只来偷猪的狼吓跑了，后来，被冻醒了，才跑了回来。我知道说的那人是我。我没有计较他们对那个放歌者的污蔑。现在什么也不能消解我对创作的向往和执着。

　　我及时地向长于唱歌的大维问了大调和小调的关系，我掌握了 135 和 246 的不同。我决定编一首庄重、抒情的大调式的歌，高音要到 A，低音到 G，这样在广阔的音域中会有情绪展开的余地。

　　我没想到有时瞌睡会那样地煞风景。当夜，还没进入到昨天的情境中时，我在蜡烛前睡着了，我还在那张白纸上流了些涎水。直到有人早晨来上班，我才醒。他不是借办公室给我的人，他表现得既惊奇又害怕，他想不通，一个人为什么放着好好的床不去睡，而在寒冷的办公室里点着蜡烛，流着口水，只是为浪得一个作曲的虚名。他把那些白纸还给我时，充满了轻蔑和怜悯。

　　我发烧了，冻病了，在床上做着从悬崖上坠落的梦。卫生员为我看过后，说要打针。

　　我身上的汗臭让她不舒服，她不知道我一直在作曲，没有时间洗衣服洗澡。她从那些铝盒子里拿出些针头，要在我的肉里扎进拔出。我听见她割玻璃声的时候，想到了第一个音：前奏应该是长号、小号和中音号，啪地吹出一个属和弦，两小节的旋律；然后是弦乐，开阔平和安静，像北大荒六个月不变的雪地；再后是马蹄声，由弱到强，歌者在这个节奏中拉开嗓子唱一个长音；

141

接着就是四分之二拍子下的前半段（酒精棉球擦在发烧的屁股上永远是冰凉的）。在同一个间奏中让节奏慢下来，摇摆如蒙古舞的晃肩膀，有种优雅的艮劲（青霉素最疼，水质的比油质的疼），然后在这平稳中舒缓地唱下去。一个长音之后又起马蹄节奏，回到第二段（拔出针头，都要用棉球按一按），副歌高亢，在 G 之间穿梭，不厌其烦地拔高音，在 A 上延长八拍，最后在 F 上结束（病人穿裤子没有羞耻病，病人没有性别，我的皮带松了，要往里收一扣了，我瘦了，都是因为作曲）。结束应该是单拍子，因为歌的开头是弱起，大概拖五拍就足够了。

曲子写出来后，很多人说我是抄的（我知道这是对好的另一种评价）。有的人说一个知青能写成这样就不错了。

排练的时候，我谈了我对这首歌的设想和创作过程，他们什么也没能奏出来。这首歌写出来后，反而变得不完全了。我自己也那样，发烧时的感觉都消失了，准确地说，这首写出来的歌，最终离开了我。

走　火

　　你那时还在十八连呢，我走的时候，咱们在雪地里抓了只野鸡，翅膀打坏了，养在筐里。没忘？那鸡毛像缎子，摸着是凉的。咱们都抱过它，喂它馒头吃，它不吃，像个大英雄样地绝食。后来我走了，你们把它给吃了。你们把那么好看的一只鸡给吃了，我再回去拿行李时，看见一块冰坨里冻着一堆灿烂的鸡毛，鸡毛在脏水里冻着，让人觉出沦落的华丽。我就爱看这情景，人也好，物也好，让人觉出残酷的真实。坏了，一个好东西坏了，有力量，像刀刻，刻进生活里了。

　　我走的时候你们都不高兴，全连就选了一个，是我，多普通啊，谁也想不到，去警卫连，拿枪。我也想不到，那年月就是普通人的机会多。我走了，坐上二八拖拉机走的，没什么人送，那我也高兴。看着你们在远远的场上做颗粒肥，觉得生活于你们没有一丝的改变，对我就不同了，这种不同的感觉一时觉得自己不该是个普通人。

　　发枪时并没有仪式，一千支旧枪，冲锋枪。现在想起来它是我那段生活中的一件道具，我拿着它照相，摆架子，证明一种身份。枪比我重要，只要它一出现，必要引发出一些身段和台词。再没有比做一位"话语英雄"更过瘾的事儿了。你有枪了，你比更多的人多了些做大英雄的机会，你像那些京剧中的武生一样在生活中从不放过亮相，你读的诗是枪杆诗：枪，革命的枪……

不过，真要拿枪当武器稍有些怯场，我从没想过有一天，要守一支真枪去真的战场。我只想保持演员和道具的关系，乐得伴随一支空枪，上演一两出值夜、把门的无情节戏。

那次走火你听说了吗？

事不大，对我够残酷的。还记得三连有个老蔫儿吧，会拉板胡，当地人。对！和一个天津女知青通奸，抓起来了。在劳改队干活，累，饿。那天中午，押他们吃饭。每人两个馒头，就"不留客"条（咸菜）。其实我从来不玩枪，那天不知为什么，边看着他们边拉了下枪栓，拉到一半脱手了，梭子里有七发子弹，全部射出。枪管是朝下的，以为没伤着人，过了一会儿，看见老蔫儿的后脚跟流血了。我慌着让一个劳改快背老蔫儿上卫生院。血流着，老蔫儿看了一眼，不停地吃着余下的一个馒头。那劳改走近了要背他，他说了句：等，等吃完了这馒头。老蔫儿专注地吃着另一个馒头，像那条腿不是他的……

我差点垮了，看见血害怕，看着老蔫儿吃馒头的样儿更害怕。想起小时候，和同学打石子儿仗，把一同学的瓢开了，他哭我也哭。老蔫儿没哭，老蔫儿吃着馒头。没什么能让他把那个馒头放下，天塌地陷，老蔫儿都不顾了。

再没有见过那样的饿，那样坚定的本能，我至今想是为了求生的大目的，还是就为了一只即时的馒头，死或饿哪个更真实、更可怕、更在眼前。我曾在三十八岁那年突然怕起来了，把一个远而又远的事，天天拿过来麻烦自己，无端地惊恐起来，几乎过不去。后来想起走火后的老蔫儿，才明白怕死实在是一个吃饱了不饿的人给生活加进的佐料。经过那样的事后还没点悟性，什么样的生活才能教化你。

我也终于发现自己最多是个普通人，或者还差。我曾经被一些话语的幻觉失了真，其实我他妈的一辈子的理想就是做一个凡人，不招灾不惹祸，不当英雄。充其量也只能做个依附在道具上的演员。

老蔫瘸了，踮脚，再上台拉板胡就显出点凄凉。我也交了枪到小八队喂猪去了。

没通过信，对不住他。一想起他吃馒头的样儿，就觉得自己也难和他再有一句过心的话了。

吃鱼的小兽

水很小，长年不断，过了这个山谷，就汇进诺莫尔河，水没有名字。

水清，一波一波地从石头间滚过，打着石头的声音连起来，哗哗的，让人听不厌。那么多的水流走了又流来，看见的水都一样，看久了觉得那条河像是不动，像是从山那边浮来的一条线。

水里有鱼，手指样大小，一条连着一条，稍有动静，它们就散开，像闪动，你盯住的这一条一会儿就变成了那一条。

最初抓鱼的方法是用盆捞，看准了一盆下去，有时就有——除了鱼还有一团惊喜。没有的时候多，没有时就把水泼回去，还可以再来（像对生活的想象和它本身）。

想做个鱼钩。小时的一课书上写过，缝衣针可以做鱼钩，就找缝衣针，一弯，断了。针的钢口太硬，像那句成语——宁折不弯。有个同学说退了火，再弯也许行。一试，真的。先把针烧红，慢慢冷却，再弯，弯了。一个没有倒刺的鱼钩，拴在一根白线上，线后边是一根不太直的树枝，做好了，那样子和正规的鱼

146

竿已没有区别。

鱼饵是一块吃剩的馒头，捏一点搓成球，挂上，放进水里，鱼都来了，抢着吃，吃得快的被钓起来，一条又一条；程序简单而快，像列队出操时的点名。钓满了一盆，天黑了，回帐篷时，端那些挤在一起的鱼，高兴外有一点点怜悯。

说好了明天再吃，在那只盆上又扣了一个盆，晚上听着一群鱼喘息的声音入梦，像睡在水上。

第二天醒了，看见那只盖着的盆已掀翻在地，鱼都没有了，只剩下半盆水像只睁着的白眼，轻蔑地瞥着你。

问鱼哪儿去了，都说不知道，都觉诧异。也许是猫，野猪。不会是人，其实从没有一个人想要认真吃这些小鱼。一是不会弄，二是弄起来实在是太麻烦了。想不出鱼怎么会丢。土豆说，北大荒的鱼大概有腿，它们又排队回去了。

白天去河边看，鱼还是那么多，在这条河里你分不清昨天的鱼和今天的鱼，对鱼有腿的论说你只能将信将疑。再钓，鱼们经过了昨天也没学机灵点，依旧被点名样地点进了盆里。

还是那只盆，还是加扣了一只盆。二十多个人要睡着时都相互告诫着警醒点，有情况就报告。大家对丢鱼这事都有了兴趣，那真是平淡生活中的一件大事。

土豆半夜摇醒我时，我可能刚睡着。他把我摇醒了，我看见暗中的那盆鱼前有一个大黑影——不是猫，也不是人，是条狗样的兽。那东西把头探进盆里，静静地吃着盆里的鱼，声音轻，它吃得专注。我和土豆都没敢喊，黑暗中它抬起的眼睛是蓝的，让人攥紧的拳头也冷。

　　它吃完了，从帐篷门钻了出去。外边有月亮，月亮下看见的依旧是条狗样的兽，跑着，远了时，像是挂在月光中的一张画……把一帐篷的人喊醒后，他们很生气。他们先否认了那东西是狼，进而骂我们胆小，错过了一次抓兽的机会。他们讽刺我们说，那东西最多是山下村里的一只四眼狗，因我俩胆小的缘故，他们失去了一次打狗吃的机会。他们那么说着，好像已经有一只煮好了等着吃的狗，被我们俩放跑了似的。

　　至今也不知道，那条兽是什么。

　　后来那水被一堵坝给拦住了，大坝是我们修的，为建造一座小水库。

孤　狼

一

怕说起狼，怕读关于狼的文字，怕下雪的夜晚想起他。

东北人管不孝的子女叫"白眼狼"，他可是个大孝子。说来也算是兵团战士，但不是知青，土生土长的本地人。有一个瞎眼的老母亲，住在采石场的后边山坳里，每天，他翻两个山头来上班，下了班再翻两个山头回去。

我还记得那天的雪，从上午一直下到了傍晚，没有一点停的意思。晚饭前，我看见他呆呆地看着窗外，想是在等雪停。随手抛过支烟去，对他讲："别看了，今晚回不去，和我挤一宿吧。"哥几个随声附和，劝他不要去翻那两座山，怕有狼。他没有回话，吸着烟，依旧看雪。

吃完饭，凑过两盏油灯，坐下来打牌，他从不打牌，便没人邀他。我见他远远地坐在对面炕上，卷着旱烟炮，像是不再有走的意思。

打牌使时间过起来很快，摸来摸去，抓到好牌大声叫喊，然后，往输家头上压枕头，一个一个，皇冠般的嵯峨。

那天，我的牌一直不好，头上已有了三个枕头了，大有压上第四个之势。老尖一直在旁边挖苦我。等到旁的人挑灯芯时，我做了两次手脚，才翻过身来，卸了枕头。伸脖子抬头时，看见对面铺上没有了人。以为他出去解手了，没在意，又摸了两把牌，还没见他回来，伸过头去望望窗外，不知什么时候雪已停了。我一手推了牌说："不好，他可能翻山回家了。"

二

他抽着那支自卷的"大炮"，依旧盯着窗外的雪。

低低的油灯把打牌人的影子放得很大，在墙壁和天花板上晃来晃去。

往常这个时候该到家了，该拉动那个天天要拉的风箱，把一束束的柴草塞进灶里，看着它们燃着，烧旺，熄灭……这时，身后会有一个随着火苗晃动的影子，那是老母亲在看（听）他做饭，每天都这样，她见不到火，却总是面对着火坐着。她知道风箱拉到什么时候水会开，什么时候该下面条或揭锅盖。

今天，她不会听到风箱的声音，也不会感觉到火了，甚至不会去找东西吃。曾有过几次他回去晚了，家里灶冷锅凉，母亲为他担心，没心思吃饭。

还是回去吧，哪那么巧就碰到了狼，又不是没走过雪天。

他悄悄地下了炕，走出宿舍。

外边的空气清且冷，像是被雪洗了一遍，没有一点杂质。雪已下得很稀了，也许走不到家便会停呢。

他扔掉手里的烟蒂，那红光画一道弧，落入白雪中，哧的一声化出一股烟气，消逝了。他看着对面的山道亮亮的，静得可爱。

他扎紧了腰带往第一个山头走去。路还是过去的路，只是雪厚了些，走起来费力。身边的灌木丛被雪埋了一截，那些枝头爬满了雪，显得胖胖的，冬天的东西都厚实，冬天也很寂寞。

他打定主意，爬上第一个山头便往下滑，那样快些。

雪天没有风，没有风不冷。他出汗了，摘下帽子轻轻扇着，一股浓烈的头发味钻进了他的鼻子，这味他很熟悉，那是他自己的味。

雪在脚下咯吱、咯吱响得很结实，他故意把左脚和右脚的声音踩得不一样，听起来像有节奏的人语。到了山头，他没往下滑，因为雪很松，他坐下试了试，滑不动，那就走吧，下山总要快些。

马上就要穿过那片小树林了，那中间有一棵很大的山丁子树，一到冬天，在白雪的映衬下，一树红红的浆果，离老远就会看到。如回去得早，他总要趁亮摘下两串，带回去给老母亲吃。那些红色的小果子，被母亲布满皱纹的嘴嚼着，他爱看那情景，当看到最后一颗被咽下去时，他总会后悔没有多摘些回来。

今天晚了，什么也看不见。

很多时候，人们未曾注意的事会发生；很多时候，人们担心的事依旧会发生。将出树林时，突然，他觉得有些不对劲儿。前面十米左右的路中央，他看见了两束蓝色的幽光，雪地里一具黑色的身躯稳稳地蹲着，那是一只狼。

他站住了，心被幽幽的蓝光刺得发冷，随手戴上了帽子。

东北有句老话：不怕狼三只，就怕狼一只。这一只狼多是饿急了的头狼，后边会有一群饿狼。

骤然觉得自己很孤独，孤独得甚至身旁没有一棵可以依靠的小树。他不能退后，也没法向前，像悬在大气里，没有着落。

雪地静极了，只能听到喘气的声音。

那狼看去像是等了他很久，昂着头，一动不动。有一瞬间，他觉得对面也许不是活的生物，但那两束光有多锐利啊。

相持使时间过得很慢，夜沉默着，他希望听到一声风吹树枝的声音……没有。

过了一会儿，那狼低下头，随即扬起"嗷——"一声悠长、哀怨的嗥叫，把夜撕破。雪原上滚过回声，余音在很远的地方消散。

他站着，觉得一切都被冻住了，内衣中的汗很紧地靠着背，变得冰冷。

很快他听到了一阵兽行声，接着前后左右的树丛中，闪出了一双双蓝色的光。它们都来了。蓝光中，有一对光很威武地从他身前五米处闪过去，停在了头狼背后。

他想数一数那些眼睛，但只觉得那些蓝光都在射向他，他被刺得微微地颤抖着。

那种孤独感一分一分地浸入心里，他没有办法退出去。他不能跑，也没法跑。狼不可能长久地等待他，他已经听到了身后和旁边传来了沉重的低吠声。

那么多幽蓝的光，它们为什么在晚上会这么亮？他的眼睛不会亮，他是人。而母亲的眼睛从来没有看见过东西，可她那双手摸起人来有多么轻柔啊，每当那时他要闭上眼睛，他觉得那手上有天下最慈祥的母亲的目光。把他养大，又需要他养的老母亲，这些狼要把他们隔开了。

他不知道自己会不会死，他还从来没有想到过死。他死了母亲怎么办？他知道绝不能撇下老妈妈一个人在暗夜里苦苦地等他。那个小草屋没有多远，就在狼的身后。一时，他不再冷了，不再抖动，他突然挥舞着双手，运足了气喊着，跳起来。近旁几双蓝光蓦地消失了，那只头狼站了起来，惊愕地看着他。

老辈人说：碰到了狼，没办法，就在地上翻跟头。他跳了几个便飞快地翻起跟头来（一种不规则的侧手翻）。他没有朝连队的方向翻回去，而是一直向前，向那狼身后的小草屋翻过去。他突然觉得那草屋今夜对他很重要。

狼站起来，倒退着看他。他的帽子掉了，脖子和袖口都灌满了雪，一圈接一圈。他像只车轮，朝第二个山头滚去，一群狼闪着一双双蓝光跟着他。

三

我永远怨恨那次打牌，从那以后我再没有打过牌。

知道他走了后，大家飞快地穿起衣服，老尖麻利地发动了拖拉机，车灯一下便照亮了他上山的脚印。大家随手抄起几支锹镐，爬进了车厢，车突突地追了过去。

雪路非常滑，拖拉机嗷嗷叫着，油门踩到了底。我算了一下，他已经走了一个半小时了，他的脚印在灯光下轮廓变得很模糊。

车厢里没有人说话，大家都盯着脚印，怕它在哪儿断了。

翻过了一个山头，当拖拉机的大灯照到了他的时候，我们悄悄地流泪了。一个浑身沾满了白雪的身躯在厚厚的雪地里一起一落地滚动着，他几乎没有了力气，只是站起来又倒下。他头上没有帽子，头发上的雪被汗水沾湿，而后结成一缕一缕的冰。看不到他的眼睛，只看见那个叫作嘴的器官中，吐出大口大口的白雾，白雾的冰冷在空气中很快地消散了，又吐出来。可以听到他的叫声，声音很小，但很有力。

群狼紧紧地跟着他，它们竟无视拖拉机轰轰的响声，盯着面前那个翻动着被称作人的生命。

突然像约好了一样，我们齐声呐喊着冲下车去，在雪地里争先恐后地奔跑，冲锋。狼惊散了，他还在翻着，站起来，滚到了我的怀里。我扒开他的眼睛，他看了我们好一会儿，又把眼闭上了。

拖拉机拉着我们和他一起到了那个小草屋。油灯点亮后，看见老妈妈在炕边端正地坐着，一双瞎眼睁得很大，竟觉得很有神。过了一会儿，她伸出手来，拉着他潮湿的衣袖说："儿啊，往后这种天气不要再回来了。"他没有答话，掸着身上的雪。

四

多少年来，我一直幻想着故事就这么结束了，以减轻沉重的回忆，谁知竟没有轻松一点。在上述关键的情节中，加进了我做过多次的完全一样的梦。

一年一年我总想忘记那个晚上，但总也忘不了。我怕下雪，怕在雪天里想起他。

他那天走了之后就再也没有回来，雪地上只有一顶他的帽子，还有便是一滴滴渗到白雪中去的血。拖拉机最后停在一片狼藉的白雪前，那雪地的痕迹印满了由生到死的过程。

我们没有从车中走出去的勇气，老尖关闭了那两束照着雪地的大灯，深夜的寒气一下子裹紧了每一个人。

我们挣扎着爬出车门，向雪地走去。我在地上，呆呆地盯着白雪中的每一滴血，那是一滴滴真实的血，被雪映成了桃红色，像一点刚刚着起的火苗。我用手把它剜起来，伸出舌头来舔着，慢慢地把它吞了下去。我的心突然一股一股地发起热来，泪水涌出了眼眶。

一瞬间，我似乎经历了出生的时刻，呱呱地叫着要吃，要喝，要睁开眼睛看世界。我是一个生命，我被世界接纳了。

我还从来没有想到过要死，死像每一个人的后背，自己永远看不到。今天这纯净的雪地像一面镜子，映出了我的后背，死一下子变得既现实又冷酷。

每个人都会死的，有的人要流血，有的人无血可流。他死了，流了血，留下很深的痕迹。

我们在那片雪地上一直坐到天亮，而后掩埋了那顶帽子。到小草屋把他的母亲接回了连队。

那夜之后我一连做了几天的梦，总是梦见他，醒来觉得他没死。奇怪的是，他的老妈妈就从没有相信过他死了。

第 三 辑

小小的自责

电视里一个知青在绘声绘色地讲他一生难忘的一件事——偷老乡的鸡吃。一只鸡能给人留有那么深那么幸福的记忆，那鸡也算死得其所了，那老乡的损失也该说有了一点点的补偿。不过时至今日，愿意用一只鸡去换不相干人的美妙回忆的人终归不多，所以，觉得我那知青战友同志朋友显得有点不够礼道，他应该先遥遥地道个歉。

偷鸡不是一件简单的事，鸡对死亡的敏感超过你的想象，它会飞，会叫，会钻过木障子扬长而去。偷鸡不成蚀把米的事时有发生。并且，真偷鸡的人，也不愿让人看出他有劣迹，他常以不错的形象在生活中出入。

我偷过鸡。在北大荒时，吃肉的机会太少，而一群群的鸡又整日在宿舍门口游荡。闲下来时，我们常坐着看那些鸡发呆，不用什么想象力，每个人都能把它们想熟了，咽进去，齿间的余香会从我们梦幻般的眼睛里漾出来。这想象的大餐不能使吃的欲念有一丝的稍减，反而愈强。鸡在跟前走着，那时我真体会到了腐蚀的力量是多么强大。

想和做是两码事，真要下手偷时，每个人都会犹豫。印象中偷鸡的多是鬼子或伪军，这与生活中的距离太大，那时又很兴思想斗争，所以，犹豫就显得更为必要了。不过这件事上的犹豫，到后来时就变成了寻找吃鸡的理由。

做坏事总是那样，不该做的理由只有一条，可以做的理由却有一百条。我和其他三个北京知青终于找到了吃这些鸡的理由——它们平日吃过我们的残汤剩水，它们身体的一部分是我们的，一半或者一多半。我们有权得到那一半。这理由一下子改变了我们要做的事的性质，师出有名。

虽然，我们还是像偷儿一样去偷了三只鸡。煮了，吃了，把现场打扫了。那天傍晚，我们都口含余香在床上倒着。日子没有什么不同，只是觉得肚子充实了，心有点儿虚。太阳落尽的时候，我们听到了一个老太太用苍哑的声音在喊鸡，声音悠长，凄凉，在暮色中时远时近，像最无力的祈求（那声音我现在还能听见）。我们听着，把身子缩成一团，盼着她能骂两句，好减轻点自责。没有。她喊了一会儿，走了。

写到这儿，我觉得这件事被我讲得像件假事了，像正义的浪漫渲染，像过来人高尚的反省，让自己也让人家讨厌。其实我的本意不是那样，充其量我只是想问问现在的自己，是否还能有那份小小的自责。就这。

欢　笑

我看见过人跳井，亲眼见过。

不知道他是什么人，不知道他的名字、身世。现在拿着笔来写，他的在天之灵也许会诧异。

一个春天的中午，土地解冻了，是个感知生命的时节。一队人从营部南边的果园里走出来——一队褴褛的人，从果树的繁花下走过来。单薄、苍白、卑微、肮脏，他们与这个季节不和谐。

玉渊潭中学三三班的男知青，在宿舍的墙根下正吃午饭。暖暖的太阳下每人有一份冻洋白菜和馒头。这时你边看着那队被押解的人边吃，会在食物中品出一些自由的味道。终归此时，你左手端着菜碗，右手捏着两个馒头，可以骂街，可以唱歌，可以把手里的菜泼给在面前转来转去的狗。

队伍的最后是一名武装排的知青。他有枪，衣冠整齐，腰中适时地系着根武装带。在发现我们在远远地看着时，他威严地叫

161

骂了几声。队伍没反应，这是一队太疲惫、太麻木的人。

是口深井，有二十多米，石头扔下去，过一会儿才能听见回音。井上有架辘轳，可以两人摇的那种。

他突然就消失了，破衣服的队伍中空出一块。他那么迅速地扑向井口，像个地遁的大神。"哗——"蹲着吃饭的我们站了起来。麻木的队伍站立，有人俯下身体开始哭泣，拉枪栓的声音也不能阻止什么。

他跳井了，像撞开了一扇通往另个世界的门。他的坚决使我对死有了新的认识。

营长来了，让当地的张灰子、顾大牙下井捞人，酬劳是一水舀子白酒。张、顾二人背对着井，传递着那只舀子，在人群中间如两位肩负大任的勇士，再后来是缓慢地脱衣裤，而后骑着辘轳套下去了。

……他被摇上来时，衣服张开着像对飞翔的翅膀。一只眼睁着，宁静蔑视着惊恐的人群。他被放倒在地上，身上的水和血流溢四散，嘴角微微向上使人感到了一种死的孤傲。

他死了（井圈的人群四散奔逃。有两个同学把刚就着自由吞下去的食物吐了出来）。他躺在那儿，像件被冷落的道具。张灰子端着酒舀子坐在他身边，边喝边说着什么。尔后俯下身去像是做着最知心的劝慰，轻轻地把他的那只眼睛合上了。

剩下的一点酒，用来擦了他平静的脸。

拿枪的人命令队伍连夜把井淘干，那一夜谁都听到了辘轳的响声，像一个人的欢笑。

夜 行 狼

　　有个比我更懂酒的朋友说：酒是另一个自己，想喝酒，其实想唤出另一个我来，相对而坐。或让现实的我休息会儿，看那个自己表演。好酒的人比不好酒的人更知道自己是什么样子。倘一生不醉一次只能算是半个人，或是一个假人。做半个人实在是可惜了这一生。说完这话，他端起酒来，浅浅地抿一口，并不吃菜。过了借酒助兴的年龄了，喜欢平静，酒甚至都不能再打动他。一个平静的人，更准确地说是一个等待着更不寻常的事来触动他的人（否则岂不无异于消亡）。

　　他与我同去过北大荒。一九七〇年初冬的一个夜里，他推醒我，告我他想回家，扒火车跑，明天就走。他让我送他去五十里外的二龙山车站。不是梦话，挺红的炉火照在天花板上。

　　我答应了，告他还可以再睡会儿。

　　第二天早上，仓促地抓了个馒头，与他赶上了一辆大轱辘拖拉机。车走了一半，我就觉得脚不是自己的了，冷。车开起来有零下四十多度。他居然拿出了多半瓶烧酒来递给我，酒喝在嘴里

164

是凉的，只有咽下时才感到火慢慢地烧过去，直到心口。

没能赶上早上的车。火车站被持枪的知青封锁了（为阻止逃跑回家）。很多人又返回了连队。他挺伤感，心冷了，以为回不去。我告诉他，可以去前一个小站，等晚上的那趟车，要走四十里地。他问：我走了你怎么办？我说：晚上自己走回连里。我们往风雪里去了。

早上带出来的馒头已冻成了石头，牙很努力才能刻出道白印儿来。吃不成，很多次抓着路边白净的雪吃，吃下雪的人会有短暂的透明感，身体内外一般的冷，热已经不存在了，两个冷的影子在雪原上飘。

晚上五点天黑了，六点送走了他。我在雪地上站着，看着那辆灯火辉煌的列车，开过去，走远了。留下很大的寂寞，身边连缕风都没有。往回走的路，比来时更冷。我又掏出那个馒头来，奋力咬了几下，结果只像是嗅了嗅，并没有什么东西落入我的嘴里。只能吃雪，还有他剩给我的一点点烧酒。

踩雪的声音，在夜晚很响，路已被雪埋住。我顺着电线杆走。风住了，只有脚下的雪与我交谈着，一步一步雪的声音并不都一样。

冬天的雪野没有任何东西让你依靠。星空低垂，那些光在这样的夜，只对你一人闪烁。把头埋进衣领里，闻到自己的汗味，这时喝一口酒，累了的眼睛会亮起来。一个深夜在雪野中行走的人，更像个梦中人。

走了三十里左右，我忽然感觉到有一串轻微的踩雪声从身后

165

传来，回头，先看到一双蓝色的眼睛，像剑一样寒冷。还来不及慌张，捏紧的手里有了一点汗，我一下想到了死，还没爱过呢，没向一位姑娘说过什么，要死了。这匹大狼，喘着与我相同的白色雾气会吃了我。

它看我停下，也站住了，然后在我的右侧优雅地奔跑起来，轻轻的踩雪声使夜晚变得复杂。我走着，看它时前时后地跟随。夜深远而广阔，没有怀抱可依偎，星也在远去。不知会发生什么，短时间，我们像并行的旅人，相互探视。它冰冷的目光已几次把我的咽喉洞穿。

就这么走着，很长一段路，它的喘息惊扰着我。

在一丛黑矮的灌木前，它站下了。回过头来静静看我，蓝的眼睛像远方的灯。灯在暗中闪了几下，就慢慢消失，它去了，做过告别之后。

以后的路便很寂寞。我喝光了最后一口酒，只在那时才感到生命与那薄薄的液体贴得多么紧。

热油房，冷酒房

　　加工连有"一楼两房"。一楼是面粉加工楼，全农场四万多人吃面粉都是由这大楼磨出来的。八月新麦子上场，就磨新麦子，只有在吃新麦子时，才能觉出务农有一点点的幸福。

　　两房，一是酒房，一是油房。按理该称"坊"才对，北大荒不那么叫，就叫房。油房是老房，由当地职工带着男知青一日三班地榨油。油房干活没有女人，因其热而衣冠不整故（准确地说，是没有衣冠，干活人偶有穿一油渍短裤的）。油房除热外（不热不出油，豆子要事先烤过才行），活儿很累，俗称"搬小杠"。榨油的工具，完全凭人力搬杠子一扣一扣地挤，才能把油榨出来。一群赤身裸体的人在烟雾蒸汽中，喊着号子搬铁杠，那情景很像后来看到的一幅《炼狱图》。

　　据说"文革"前期，因大呼"男女平等"，一些家属妇女们也进了油房干活。后因平等而近于亲密，由亲密而降低产量，就再把妇女们请了出来。

　　等知青们来了后，油房就成了女人的禁地。印象中，只记得有个叫"花儿张"的胖大女人，隔三岔五地给她瘦男人送饭。进门前先喊：都他妈给我穿上，别让老娘给瞅走了！第一次来，给知青们吓得乱躲。当地老职工不在乎，和她开荤玩笑。花儿张等她男人吃过了饭，就用饭盒装一饭盒豆油走。没人拦她，毕竟她给沉重而寂寞的劳动带来了点轻松。后来我们才体会出，为什么干重活的人爱说粗话，粗话像烈酒一样能解乏。

"热油房，冷酒房。"与油房相反，酒房要冷，窗户没玻璃，门没门板。酒糟从净桶里铲出来，要一遍遍地降温，才能再入窖。干活的人再冷也得扛着，实在不行了，有酒，喝一口，脸红心跳。北大荒烧酒全用粮食，所以酒实在，度数再高也不上头。知青回家探亲，都想弄点好酒带上。好酒是中流儿，烧过酒的人都知道，先流出的酒次，淡而薄；末流出来的酒，是酒梢子，也不好，有怪味；中流儿好，醇而厚。想接中流儿得和酒房干活的人有交情，想接厚酒得有厚交情。

我就认识一个通县的知青，大胡子，爱玩篮球。拿了瓶子去找他，他正在发呆。跟他说酒的事儿，他答应了；给他烟抽，他抽了。要走时，他叫住了我，有话说不出来的样子，胡子微颤。憋了一会儿，问：你们宣传队唱阿庆嫂的那女的，是不是通县的？我说：是。你帮我给她带封信吧。我先犹豫，后来还是答应了。他说：你先看看。我说：不看了，写的什么？他说想跟她好。我说：那就明说去吧，这么近，写什么信。他说：能行？我说：行就行，不行就不行。他想了一会儿，说：豁了，晚上七点，你帮我约出来吧。

168

没费什么事，晚上七点，我对"阿庆嫂"说：外边有人找。"阿庆嫂"出来了，在篮球架下转了十分钟，没人。"阿庆嫂"回来怨我，骗人，恶作剧。我没法解释，第二天去见他。他很伤心的样子，说：哥们儿你真够义气，我他妈的不敢了，我看她出来了，就不敢了，算了，就这么想着挺好。她不知道吧？我说：不知道。他听了有点伤心，从铺下拿出两瓶酒给我，说了句：想人可真苦。话说得让人听着难受，我觉得那酒来得有点不正道。

　　不管怎么来的，酒还是好酒。想那么醇厚、实在的酒，现在已不大喝得着了。

老　尖

　　老尖是在宣传队的后期才被调来的。调老尖费了些周折，大家意见不统一。不同意老尖的人说他形象不好，脑袋上下尖，中间颧骨又太高，看着像青果核儿，上台没台型。同意调他的人说他嗓子不错，能唱到 F，据说还会吹笛子，正是宣传队用人之际，要吧。就来了。

　　老尖要不来宣传队，在连队里也混不下去了。连里上山伐木，老尖每天早晨四点起来练声，在帐篷外大唱《北京颂歌》，弄得一连的人睡不成觉。最后全连的人找连长说：要么留老尖一人在山上练嗓子；要么留下我们，把老尖赶下山。连长舍不得让老尖走，老尖伐木快，一天好几立方米，顶个小油锯了。连长就叫老尖来说话：以后早上多睡会儿，真要嗓子痒了，伐木时多喊两声顺山倒、上山倒。既把嗓子练了，也不耽误劳动。老尖应了，干着干着活就喊几声顺山倒，一惊一乍的，弄得伐木人一会儿一躲，不知树从哪边倒下来。又齐齐地去找连长：活没法干，老尖乱喊山，几次差点把人砸了。连长无奈把老尖轰下山。

170

老尖到宣传队后，听了那些男女高音煞有介事地唱元音练习曲，反倒不敢练声了。偶尔没人时，对着墙喊一声很长的"啊"，也学会了那种扶下巴、罩耳朵的怪毛病，以为那样才专业。

试了几次，老尖没有一次把一支歌完整唱下来，高音一过 F就破——老尖不会换声。注定了老尖只能唱合唱和干装台、拆台的杂活。老尖觉得很对不起把自己调来的宣传队。

那时宣传队分男女两个班，每班每天有一人做值日，给宿舍挑水、生火、扫地、加煤、倒炉灰。女生做值日时，最希望男班做值日的是老尖。倘是，一早就能听见门口有娇滴滴的声音叫老尖。老尖跑出去，一担一担地帮女生挑水，一筐一筐地帮女生运煤、倒炉灰，干得满头是汗。那一天的女生对他极好，我偶尔撞见一次孙英剥了块糖往老尖嘴里送，老尖不好意思地躲着，最后还是张开嘴给吃了，甜蜜无比。做完值日后，女生就再不认老尖了。在后台也没人和老尖说话，也没人让他举镜子。老尖不在乎，盼着下次值日。

老尖有次装台，不注意被电击昏了过去。宣传队的人都吓坏了，有个演沙奶奶的天津女知青，俯下去给老尖做口对口人工呼吸。老尖被救醒了，有的女生哇哇大哭起来。老尖那时像电影上的英雄那样躺在地上，微笑而平静地说了句：哭什么，我这不是好好的吗？

事故后，老尖对"沙奶奶"一往情深，凡是能看见"沙奶奶"的场合，老尖都满怀柔情地盯着"沙奶奶"看。"沙奶奶"有个男朋友，在二十六连，天津知青，名叫宝珍，能抢二百斤的大刀，很壮实，一口一个"你妈……"。宝珍有天来找"沙奶奶"，在外边说着话就吵了起来。老尖自宝珍来时就盯着窗户，一听吵起来了，就跑了出去。你以后少来找她。老尖冲宝珍喊。宝珍说：你是吗玩意儿，你管得着吗？老尖愣了一愣说：她口对口救过我命，当然要管。宝珍回：她嘴对嘴跟我亲过嘴，你管不着。老尖被"亲嘴"这个词激怒，用备好了的片子（轧薄磨快了的五分硬币）给宝珍胸前背后划了几条大口子。

事后，老尖消沉了。女生再甜甜地叫他做值日，他不应了。

一九七五年，我要离开北大荒。有天老尖不知从哪儿弄来半爿狗肉，一塑料桶白酒。老尖用水桶把肉炖好了，我们几个北京知青就吃就喝。老尖边喝边唱，尽冒高音，威力无比，喝了个大醉，醉着跟我说：别找宣传队的女生交朋友，她们就会伤人心。

一九七五年离开后，再没见过老尖。昨天碰一熟人说：老尖现在离婚了，自己带着个小女儿过呢。不知他找的是个什么样的女人。

明　谦

　　明谦爸爸原来是天津评剧院吹笙的，明谦从小就学吹笙。明谦爸爸只识工尺谱，明谦也是到宣传队之后才学的简谱。学会简谱后，明谦就开始独奏，《喜送公粮》或者《瑶族舞曲》。明谦的笙吹得流利，单吐、双吐、三吐都会，还会花舌。

　　明谦爸爸上过私塾，给他写信，毛笔，宣纸，文言。信总是以"明谦吾儿见字如面"开始。以后的内容明谦要苦读两三遍才能明白个大概。有次他问：阮囊是什么意思。我也不知，又不愿表示不知，就说大概是阴囊的意思。他说：我也觉得是，因后边那个词是"羞涩"。他又说：我爹有疝气，可能病又犯了。吹笙的总用丹田气，容易得疝气。我说：那你寄点钱回去吧，安慰安慰。他听了我话，寄钱回家。父亲再来信就夸他孝。到现在我也不知道阮囊的完整解释，但我知道绝对与疝气是差了十万八千里的。不过寄钱回家，这结果是对的。

　　明谦不单笙吹得好，还会收拾笙。笙这种乐器很娇气，隔段时间就要点蜡、校音，因它每吹一个音都是双音或三音的和声。

音若不准，吹出来的音，行话说是"花音"，花音笙听起来，比针一下又一下刺你指头还难受，乱到心里去了。

明谦收拾笙用一盏油灯，上好的蜂蜡，一块红铜板，一块绿绿的孔雀石。先用孔雀石在铜板上研磨，磨出绿铜汁来，然后和蜡，点蜡，一根苗子、一根苗子地点好了。合起来一吹，像鸟翅膀一样，忽悠忽悠地震颤。

演《沙家浜》时，笙用得很少，明谦就兼弹三弦，还赶一个刁小三的角色，流里流气地上台说：抢包袱？还抢人呢！那句台词，明谦演得很顺手。开生活会就有人说他有江湖气，并挖根源说，这江湖气来自他爸爸，他爸爸旧社会是评剧草台班混出来的。明谦听了无法辩驳，再演刁小三时，就用话剧的独白那样来念那句台词。感觉更坏，明谦不知所措。

明谦不抽烟，不喝酒。他说抽烟、喝酒再吹笙，笙里就有难闻的味，所以大多数业余时间，明谦在练乐器，或抄谱子。

一次演出前，演新四军的华生喝了不少的酒，他说没事儿，反正就是几个过场动作，喝多了也误不了事。华生长得高大英俊，演新四军很合适，但他除了形象外没嗓子也没乐器手艺。跟头也不行，只会个抢背。华生演出的大多数时间在后台跟女演员聊天，及时地为她们扎围裙、举镜子什么的。

那天是酒喝多了，明谦在边幕弹三弦时，看到华生在后台给自己一直暗恋的素芬擦脸上的汗。明谦把三弦弹得很响，盖过了月琴，乐队人都看他。

《沙家浜》最后一场，有些武把子戏。明谦演的刁小三和华生演的新四军有拼刺刀的对打。其中有一串动作是华生用刺刀在明谦的脖子两边左右左右地刺，那天确实是酒喝多了，华生该左时右了，该右时左了。明谦演的刁小三一躲没躲过，脸上就中了一枪，划破了，流了血。华生演的新四军一看流血了，就慌得停了枪。明谦演的刁小三，摸了下脸看见有血，就急了，骂华生演的新四军：你他妈的连左右都记不住，有给女的擦汗的工夫，练练功好不好。这时台下一千多观众看有这热闹，就哄笑了。明谦演的刁小三捂着脸下了台。华生演的新四军原本理亏，愣着被明谦演的刁小三训了一顿。等明谦演的刁小三下台后他还在那儿愣着。待台下的哄笑更响了时，他才反应过来，也是急中生智，大喊了一句自编的台词：俘虏在柳树北边集合。就势摆个架子下了台。

此次演出后，明谦留了浅疤，华生却受那句自编的台词折磨。只要他和女生在说话，就有人喊：俘虏在柳树北边集合。弄得女生们和他疏远了。

小　灯

想起一个人来，突然想起来的。瘦小，满眼的风雨，手细长。刚到北大荒时嗓音还没变，说话像蛐蛐叫，大家叫他虫子，他答应了。

虫子不能胜任春播秋收。让他放牛，一支长鞭十几头牛，早出晚归，风里雨里，虫子跟着牛群上坡下岗。离远离近你在牛群中都看不见他，要低头，牛肚子下多出的两条腿是虫子，偶尔能听见他甩鞭，啪的一声知道虫子回来了。

虫子放久了牛，身上就有牛的气味，很重，经过谁，谁都会皱眉头。虫子知趣，一人睡在大屋上铺的角落。到晚上就点起盏小油灯，油灯是墨水瓶改制的，高高的捻，闪着，把孤寂的角落照出温暖来。虫子每晚要读一封信，一封相同的信。是他父母自杀前给他寄来的，虫子只收到过这么一封信，每晚读，读过后小心地收起来，灭了灯睡。

没人打扰虫子，也不见他哭，夏季白天长，虫子收了牛就去圆木垛上坐着，呆看星星。有人说，看见他在南山放牛时，嘴却不停地说，和牛说。虫子把话跟牛说尽了。

秃头来宿舍那夜，是五月。雪化了，白天能开窗了。秃头进来之前喝过了酒。没人理他，他是个浑蛋，当地一霸。宿舍里有两堆人在打扑克，虫子把小油灯点亮了，和往常一样地拿信出来读。

秃头没趣地移了过去，伸手把虫子的信抢在手里。虫子惊坐起，向他要。秃头躲着看了信，说："反革命的信，你还当×宝收着呢！"说完把那纸在油灯上燃着了，点了嘴上的烟。

小灯翻倒在地上，碎了一地的光亮，那角落里传来很高很细的声音。

八月，收麦子的一个夜晚，虫子磨快了一把镰。在场院上，他等到了秃头。秃头不怕，镰刀砍一下，秃头数一下，数到七，秃头倒了。虫子迈过去像迈过了个门槛。

以后，虫子放牛常唱，回来时鞭子抽得山响，说话声音也粗了。

深冬的一天晚上，外边刮着大风雪，宿舍里进来位老太太。老太太进了门就到了虫子的油灯前，打开了包袱拿出一瓶酒、一把镰。

"你砍的那人是我儿子，你没砍死他，我谢谢你。我知道你也没了家，要不嫌弃咱们认个干亲。"

说完把瓶酒倒进两个碗里，等着虫子来接。虫子低头，看着那盏灯，没接酒，也没说话。老太太等他，发梢上的雪化了，往下滴。虫子哭了，泪掉进酒里，忍着，还是没说话。老太太端起酒碗，喝了一口，说："也好，这事就算了吧，镰刀我收着，让混儿子长点记性。"

　　说完开宿舍门走了。虫子对着酒碗坐了一夜。

　　我至今不知道虫子为什么不答应老太太的请求，或许是悲伤这东西，也不愿与人共有吧？

老　由

　　老由是宣传队吹圆号的。他管圆号叫"法国号"。老由看五线谱。走分谱时，节奏掌握得很准。老由平时不大练功，有一次练功时，被场政委听见了，说他吹的调调是放"资产阶级的屁"。老由听了这话很伤心，就把圆号收起来，去向老谦学拉二胡，学看简谱，拉《江河水》。场政委再听到后，说老由有进步。

　　宣传队平时除演一些自编的小节目外，主要演样板戏。演样板戏因人手少，所有的人员都要一赶三，或一赶四。那时我在《红灯记》中先演联络员，再特务，后刑场鬼子兵，同时兼司幕和打效果。

　　老由主要搞乐队，除吹圆号外，兼拉二胡，还担着装台的电工活儿。老由最爱吹《打虎上山》中的那段圆号独奏。有次吹完后，台下有人鼓掌，老由抱着号半天回不过神来。

　　老由把圆号的音色比作"宫殿上的白云"。问他双簧管的音色是什么，说是"水边的少女"。再问他单簧管是什么，说是"长胡子的少年"。再再问他二胡是什么，他想了想，小声说：是场部政委他媳妇的哼哼。

老由二十六岁时交了个女朋友，是砖场的上海知青阿花。阿花很瘦，说一口的上海话，让人觉出三十年代周璇、阮玲玉什么的。老由结识阿花后，每晚赶二十里地去砖厂看阿花。走之前总要说一句：我今晚要把她办了。夜里回来，问他办了吗。说没有，砖窑总有人值班。问他每晚四十里地累不累。说：怎么不累，快心力交瘁了，好在有专（砖）车接送。

老由那晚回来，带了一身的伤。砖车翻在沟里，很多砖分别砸在老由身上，一条腿也压断了。老由住进了医院。去看老由，老由正伤心。他说阿花刚走，说阿花跟他吹了，阿花最后用普通话跟他说了句"祝你幸福"。阿花最后居然要用普通话来跟他吹。老由问我为什么要用普通话来说这话。我猜大概为了严肃庄重。老由骂了句娘，然后神秘地告诉我：有什么好，她有痛经病。

老由出院之后，腿有点跛，不细看，看不出来。老由表面不大在乎，心里伤感。先是一个月一个月地不洗衣服不洗澡，然后学了喝酒。喝完酒吹圆号，把嘴唇吹破了，结了层茧子。

有次去部队演出，解放军特别热情，装完台，就让大家喝酒。大家都不喝，怕演出台上误事。老由喝，喝了还说"军民酒水一家人"。大家都觉他过火了，劝他少喝一点。他说没事。

演出开始了，大家都很忙。老由也忙，放下圆号，抄起二胡。到《打虎上山》前，老由把圆号抱在怀里，动了动键子。该进来时就进来了，吹到中间，老由忽然断了一下，打了一个很响的酒嗝。酒嗝响而脆。大家先是一惊，接着忍不住，笑了起来。乐队的人一笑，音乐就乱了。在幕边准备出场的杨子荣，找不到过门，嘴张不开，该唱时没唱，该出时没出。演出大乱，只得关了幕重来。

演出结束当天，场部政委连夜开了会。政委说：老由打了个"反革命的嗝"。老由后来把圆号上交了，以后再有圆号的乐段都改作大提琴代替。老由只拉二胡，兼当电工。

昨天想起老由，问妻还记不记得，说记得，不过该是老尤，而不是老由。

漏　粉

　　白薯收下来，切成片，就摊在地里晾。收过庄稼的闲地上白花花的一片，夜里也能看见。几个日头后，干了，拎了大柳条筐去把它收拾回来。就那么蒸了吃也行；磨成面蒸窝头，擀面条吃也行。白薯粉擀的面条，不长，黑的，当地就叫黑面条。乍一吃黑面条别一番滋味，吃多了烧心，当地人也不惯。于是，黑面条白面条就掺在一起吃，以求那个胃饭后稳定。

　　还有一种方法是，把白薯粉用水滤过，去掉杂质使之成为淀粉，以备漏粉条用。我原不知粉条是怎么做成的，看过后，觉得像个大游戏，好玩儿。

　　漏粉大多在初春，要一口大锅，一把漏勺，足够的柴草和三两个漏粉的行家。锅勺大队都有，关键是那口灶，要漏粉的几家人出砖出力把它修起来。灶就建在大队部的院子里，普通的柴灶，只是为安放那口大锅，费了不少的砖泥。锅灶之后是担水，把大锅注满。有个人就点了火来烧，一抱一抱的柴草续进去，火不能大，也不能小。漏粉火候很重要，火大，粉就滚烂了；小了

182

粉入水就粘在一起。水开之前，和粉的人已把粉和好，醒在那里。待水一开，操勺的师傅就站在锅台上，一手操勺（勺里是一坨和好的薯粉），一手持一木槌。所谓漏粉，就是用木槌轻捶勺中的粉，使其从漏勺的眼中均匀漏出，漏出后垂入沸水的锅中，一烫便成了那种半透明状的粉条。这时一个看锅的人用备好了的长树枝，看准了火候，从锅里把成了的粉捞出来，递给另一个人，那人把这挂粉在凉水里过一过，拎出，搭在事先支好的架子上，这粉等着干后就算成了。

漏粉中最累的是操勺的人，那粉加上勺总有个十多斤，为了使粉条有一定的长度，还要尽量把勺举得高而又高。举高了之后还要用那柄木槌来敲，再加上站在锅台上，被滚水嘘着，汗出来了。汗滴在锅里。

没娶上媳妇的舒祥是南街操勺最好的一个，漏出的粉长、匀，没有碎头子。各家漏粉都请舒祥去，报酬是完了活烧粉子吃，管够。舒祥每请必到，出一身汗，挣顿饭吃，舒祥觉得比闲着强。我帮着漏粉时，只去那个担水的角，这活最没技术也不累。干完活也和舒祥吃一样的饭。

有次等粉漏完了，已到了深夜，舒祥不急着回家，在院子里坐着跟我聊天。问他累不累。说不咋。问他爹在家晚上吃啥。说中午留了馍。问黑馍白馍。说是花馍。给他点着烟，他说得罪了。

灶里余烬红老了，锅里的水还冒着热气。我说要能洗个澡就好。他说能。回身走，把口缸挪了出来，热水都舀进缸里，说洗吧，正热。我说你先洗。说俺不洗，你洗，正热。我脱了个赤条条就钻进缸里了。水热，天上的星星满，清气垂下，直透心胸，一个人这样无遮拦地在天地间温着，婴儿一般，惬意。

他在一棵树下亮着个火点，一明一暗，明的时候脸被照亮——想着事呢，眼睛在夜里还有光。

问他想什么。说啥也想。问他想成家不。说咋不。问他说了没。说说过。问他成没。说没。

咋？

那女娃是个骚货。

问他是谁家的。说刘家的二妞。

二妞是个好人才呀。说礼过下了，后知道她被城里的姐夫糟践过。问咋知道的。说听人说来。告他那不能算个准。说也问过她来。

问了咋？

哭认了。

水这时凉了，不知该再怎样和他交谈。星星暗的多，亮的少。避开亮的，在暗的地方找，有很淡的星能被发现。

他说要回了。我说等会儿，我有半瓶酒，喝了走。他就没动，又亮了个红点。

酒喝了一半，问他礼要回来了。说没有。问那是咋。说我把她睡了——那夜，哭了后，我恨，睡了……问他她好不。说说不上。

娶下吧，好好过光景。

……

他无话。

酒喝完了，他要走。想安慰他就说了句都不容易。他说是。走了，远了个红点。

过了半年他来告我要结婚。告辞时再告我女家是二妞。

结婚那天我去了，冷冷清清没什么人。

沉重的纸

　　小学时，书包很小。内有一块沉重的石板，用"画石"做成的石笔写字，学什么写什么，写满了擦掉。课堂上一片写石板的声音，听着像群鸟啄米。听那种声音，写字很兴奋。至今我所知道的学写字，用最简陋"文具"的是岳飞。《说岳》中讲他用树枝在沙子上学写字。岳飞后来有墨宝传世，是否得力于小时的沙书？如真这样，我建议小学生每日负一沙盘上学，既可锻炼身体，又节约了纸张。

　　说到纸，我是一九六〇年开始接触得越来越多的（小学一年级），那时印书的纸都黑而糙。练习本的纸也大多有稻草、谷壳类伏于纸上，愿与文字为伍。那时的草纸（手纸）或真是草做的，黄而糙厚，不似现在的白软。我见过李苦禅先生那几年画在类似草纸上的一只鹰，是无好纸又极想画之故吧。那画倒让人以为别有一番情趣。

　　见到纸最多的年代是"文化大革命"，大张大张的白纸，只写一个字，然后排列起来，告诉你打倒谁，或欢呼什么。再就是

186

竖很多席棚，把写好的大字报贴上去，一论二论再论，或是××你想干什么等类文字。大多文尾都要写上"请勿覆盖，保留三天"等字样。如不下雨，一层一层的纸遇一拾破烂者（出身好的）可大有收益。我想那时所有的工厂都能停工，唯纸厂是万万不可停的，关系革命。纸实在是革命的工具。如某组织没有纸了，便似哑巴辩论者无异。

我想很多人可能就在那种纸与文字的海洋中锤炼了自己的"文革"体语言，一生用来得心应手。

我也写过大字报，至今还记得题目叫《"逍遥派"的滋味》，学鲁迅先生的文体，现在记得是有点半文半白的样子。这大字报没什么反响，是我为逃避批判而先行自我检讨的一种策略。那时刚小学毕业，已知自保了，终归成不了大器。

据我所知，很多人因大字报而练出了一手好字及流利的文章。曾见一人书写标语，先将一张张白纸贴于墙上，待微干后，用排笔蘸墨书写，笔下去坚定果断，字写得很棒。标语的内容是说我一同学的父母是特务（后来这位同学独自带两个妹妹过日子，原来他有啃指甲的毛病，那段时间中改过了。人是这么长大的吧）。

感觉到最没纸的地方，是在河南农村。卷烟抽的人常为找不到一片纸而发愁，上学的孩子依旧在用石板，偶尔有个本子极舍不得。我刚去时曾奇怪，他们上厕所怎么都不带纸，从书记到"分子"都是找根小树棍或石子，一挥了事。我没能接受这项再教育，我长年偷大队部的报纸上厕所。早上刷牙，上厕所用纸，这两项习惯被看作城里人的臭讲究。后来有位男赤脚医生便后用纸擦屁股，也被嗤之以鼻，以为他酸学城里人。

我离开河南已经十五年了，不知那里现在是怎样的，全中国的农民是否都能够用手纸了（好像这不能作为口号提出来），不过我个人以为这也许与革命同样重要。

假也不易

汝阳插队两年，实际在那儿生活了不到一年。每有记忆便觉生动，大概是因那环境太特别、太陌生也太觉孤单的缘故。才一年的时间自然不能真正加入当地的生活中去，在那条街上走，自觉是个外乡人，当地人也那么看你。

去把头剃了。像当地男子一样，坐在那台破木壳收音机面前，听着剃头师傅在磨刀布上嚓嚓地磨剃刀。而后就这样光头顶着个破草帽去地里送粪。还是不像，说你脑瓜发青，脸色浅，没个拉车的架势。

他们并不希望你和他们一样，多一个生人，多了份新鲜与生活的乐趣。他们问你：涤卡多钱一尺？城里人谈恋爱是不是都挎着胳膊在街上走？当地闲话率颇高的一女子，曾对我说过一句话，至今还记得：再回北京，把那好吃的糖疙瘩（奶糖）多捎上两斤。（这在彼时可能算较高档次的对话，和现在那种进了普通酒店要问有没有 XO 的人一样，有更丰富的见识。）我感到的新鲜事就更多了。

189

南街有一奇人，喝二斤白酒不醉，一般酒席宴上，没人给他敬酒，也没人和他拼酒。往往在酒少的情况下，他先被限制。我和他同过几次席，他先是吃菜，而后吃饭，再后枯坐，看别人杯光觥影，换盏交杯，他笑笑或不笑。真到热处，有人求他代酒，他便代，爽利地将那盅酒扔进嘴里把酒喝成水了。

我并不愿与他同席，我们俩太像，人家在举杯时，我们俩在忙于把相中的饭菜扒进嘴里。平日一席中有一个这样的人，尚可设法遮掩，如有两人便搅得整桌席面很寡淡。他也似有察觉，再吃时，我俩便轮换地吃吃，轮换地说笑。

我不喝酒是不能喝，他不喝酒是没人愿与他喝，寂寞高手。那时我觉他有满眼的傲慢与苍凉。

有次席散，我和他一起走夜路，我说：你就不会假醉一次，让大家都觉得一样了？回说：难哎，假不出来。我说：骂人、摔碗、钻桌子。回：那何苦哎，喝酒该喝出个真来，要想喝出假来那可不易。

第二天，他找我来下象棋。让我先，下到他剩一车、我剩一车一炮时，他说这棋和了。我说不和。他说：谱上写的是和棋。又走了几着，赢不了他，和了。再下两盘，他轻松把我赢了。知他第一盘是让我，我说：喝酒没假，你下棋可有假。他笑说：第一盘棋不能赢，这在论的。

问他：怎么那么能喝酒？他说：喝半斤脚心出汗，喝一斤鞋都湿了，人管这类人叫酒漏子，我天生这样。

他活到二十多岁还没去过洛阳。他在汝阳县算个杰出的人。他对我说过的唯一一句软话是：什么时候跟你去北京，看看皇上的金銮殿，这辈子也算美了。

高明的饮者

一九七五年由北大荒转插队至河南汝阳，实在是无奈，以为能容易转回北京。

汝阳是个山城，不通火车，离洛阳有二百多公里。第一次去，特意买了两瓶北京的二锅头，以为有用上的时候。

此地民风古朴，走在街上再陌生的人也会与你打招呼，生活却很难。常以红薯代饭，穿粗布衣，入夜临街的门户中总会传出织布的声音。勤勉的妇女，也不点灯，借着星月的光，穿梭踏机，把一丝丝艰辛都织了进去。

即使最冷的夜，街中心也有一盏风灯独自亮着。是位专做烧鸡来卖的老婆婆，灯下有一木制的提盒，倘若你要买，她就掀了盖儿，让你选。在深冬夜晚的一盏油灯下，选那些黄油油的鸡腿，是我对汝阳的深刻印象之一。

并不是常能这样。那夜忽然想起还有带来的两瓶酒，便邀了桂欣哥及几位朋友去大队的空屋中喝酒。听说是北京的二锅头，大家便多了份酒之外的好奇。倒出后，有人说：并不见香。有人

192

说：好酒不香。待喝过了，大家体味了一会儿，都不说话。我原以为他们会说好，没有。桂欣站起说：出去一会儿。慢慢我看出，他们没觉出这酒有什么好来，抑或觉得它很差。

酒还喝着。桂欣好一阵踩着雪回来了，张开怀，拿出一瓶酒来，咬了盖，递给我说：你尝尝这。酒很香，那时我还没喝过曲酒，喝了后便觉二锅头像个糙汉，那酒才称得上是美人。举起瓶子来看，写着"杜康"两个字，难怪。

众人问桂欣：酒从哪儿弄来的？说是向老崔家赊的。咋还上呢？尿！明天去窑上拉两天脚。众人说：对着呢！便又让我喝。这酒喝了他两天的工钱，喝酒确实能喝出酒之外的滋味来，大家高高兴兴地喝，把那两瓶二锅头也喝净了。

后来才听人家对我讲起杜康酒的许多逸事。我原不信，真去了杜康村，真尝了酒泉，才信了。

好酒要好水，这已是酒的最平常的知识了。汝阳有一眼好泉，涌出的水本就有股酒味，这水泡茶是绝对不好，但烧酒似借了神力，有很醇的香味。

酒泉溪中的小虾全是红色（老乡说与喝酒上脸同理），靠溪水的鸭都生双黄蛋，离了溪水便不然。说杜康当年，遍觅山泉才寻到了这个地方，合该他烧出好酒来。

在汝阳也并不是每酒必杜康，贫寒人家摆酒待客，大多是薯干酒。用最简朴的瓶子装回来，谨慎地与你倒上。喝一口，除辣外，有烧着的塑料味。依旧地豪饮，大声地猜枚，热了把棉衣敞开，脖子上就有亮亮的汗。

　　我一直敬佩能把次酒喝出好酒滋味来的汝阳乡亲们，以为这是最高明的饮者。

五斤不醉，一斤醉

北大荒时，喝酒不易醉。原因有二，一是天冷，二是炕热。外边风雪漫天，屋内炕烧得滚热，此时将一只海碗擦抹干净，倒满烧酒，也不要什么菜，大家围住一盏油灯，聊天讲故事。每夜如此，能把一个漫长的冬季过成一天。

第一次在火炕上喝酒，是个春节。酒用水壶装回来，就那么喝着，一口一口把思乡之情喝淡了。许是炕太热，大家就比平时喝得踊跃，五个人喝了五斤酒，还都直直地坐着，热汗淋漓。

也是情未抒、兴未尽的缘故，就要结伴走夜路去五公里以外的蚕场小店。一进了夜色，就有了唱歌的理由，大天大地地一嗓子喊出去，声音在雪原上跑出老远。酒此时在肚子里缩成一团小小的温暖，抬眼看着满天的星星，有人泪就下来了，愣愣地喊一句：想家！苍凉至极。

转过山，踩雪的声音惊起了三只野鸡，扑棱棱飞起来。先是把那点酒吓醒了，而后，大家向一只慢的追过去，呐喊，狂奔，在没膝深的雪里摔倒再起来。两里地之外，终于有只鸡被扑住了。是个暖和的小东西，热热地抖着，在我们五个人怀里轮流抱过。

鸡的孤独，不知怎样就传递了过来，五个人肚里的那点酒慢慢凉下去。各想各的心事，下一段路，变得默默的。没人说该把它放了，也没人说该留下它。

走了一段后，才发觉找不到路了。一样的白雪，山口已不是那个。站下来判断，再走还是不对。夜深了，天更冷，哈气把眼睫蒙上了层霜。狮鼻想坐下歇会儿。这不行，走不回去，就得冻死。他赖着，说：要么把鸡放了吧，就因了这鸡才迷的路，把鸡放了吧。他一松手，那鸡就站在了雪地里，先没有飞，先看看我们，然后走了两步，跳着飞了起来，翎羽的声音打得夜铁板一样地响着，远了，向一钩钩小月儿飞过去。

放了鸡，就找着了路。到山口时，已没有了买酒的兴致，齐齐地往回走，觉得刚才抓到的鸡，像个做过了的梦。

回来后，炕还是热的，狮鼻为了补放鸡之过，去上海知青那儿讨了瓶酒来。一瓶喝完，五个人竟都醉了。

第四辑

猴　　枣

　　红腰终于得到了交配的机会，大王威严地骑在她的胯上，眼睛看着蓝天。红腰喜悦的目光恰好与小白胸相遇。小白胸想起前些天，这目光也是这样，像火焰的顶端。他刚爬上红腰的胯，就听到了猴子们惊叫着，大王从另外的假山上驰过来，一下将他打倒在石头上，他爬起来狂吼，没站稳又被打倒。红腰逃走了，把他送给她的一只小红鞋留在了地上。那时他知道，自己再也没有交配的权利了……

　　红腰抖动着身上的皮毛，幸福地走开了。大王在两座假山上驰来驰去，猴群惊散。等到那送食物的铁门哗的一声打开，大家又都围了过来。先是一瓢一瓢的玉米撒进来，然后是粗糙的麸皮饼，最后是切成两半的苹果。大王慢慢地踱过去，挑选着苹果，别的猴子看着，偶一靠近就被大王轰散。

　　只有二王可以靠近，他依旧有一副威武的骨架，只是皮毛已旧了，长长的毫无光泽。他是大王猴的父辈，他的让位没有争战，像时间的水慢慢地浸过来，淹没了权力。

青袖爬过来，她只想得到两块残破的苹果，那些玉米粒她已没牙来嚼它们了。与她同辈的猴子都相继死去，只有她还能爬到最高的石头上去晒太阳。她总感到肚子里有微微的寒气在运动着，让她活下去。她抓到大王抛弃的一块苹果，塞进嘴里，磨动着，而后咽下。

小白胸被红腰的目光扰乱了这一天的情绪，他没有去铁门口争抢食物，他知道玉米粒会剩下很多，那不是他该吃的东西。过一会儿游人就会在那高高的墙上出现，他会专心地去等一些人吃的食物，面包或是冰冷的冰棍。他真需要一块冰来寒冷一下焦躁的情绪。

春天的阿达

春天了。

阿达走在街上，把棉衣更紧地裹了裹。那棉衣跟了他一冬天，头摆动时左右都有他的气味。阿达不喜欢春天，春天有不稳定感，一会儿草绿了，一会儿花开了，又一会儿看见了新燕子，再一会儿，柳絮飞起来。然后要脱衣服，开窗户，把取暖用的炉火熄灭，静下来时就再也听不到吱吱的壶水声。

阿达在裹紧棉衣时，就想到岳爷告诉他的话："春捂秋冻，春天别要俏。"想起岳爷，阿达就想反身回家去，不上班了。

可街这边的人都在朝一个方向涌，阿达走了一段路，实在没有反身迎着别人走的理由。就那么随着上车，下车，走路，拐弯，打招呼，开门，拉出椅子，最后坐到一个虫蛀的洞前，用一根根丝将这些洞织补好。这是阿达的工作。

阿达对别人说，自己在宫里干活。这话听着很旧，不过他确实在宫里工作，干的是修补古画这一行。阿达爱看古画，尤其没修补过的古画，倘若是张山水，上边斑斑点点或大洞小圈，像是布满了眼睛。山水间的眼睛一只只盯着你看，那意趣超过了一张画本身。如补好，再看，像是所有的眼睛都闭死了，失去了许多交流的对象。如再想找回原来的模样，恐怕等一百年也不行。阿达曾建议古画不必补，就残破的模样去展览，效果也许更好。他的建议没人理会，也许别人都爱看旧东西的新模样。

阿达看惯了旧东西，就爱想旧事情。那个岳爷是他很小就接触了的一个奇人。

岳爷在冉村的角落生活，独自一人。阿达第一次看到他是剜野菜回来的路上。落日中的一座院子，一圈残破的院墙，满脸白胡须的一个老者在静静地看着他。他走出挺远后听到后边喊了一声：

"小子！你那块记长得好！"

他回头看了一眼，老者已背过身去。他有一块记，在肚脐的周围，可老者怎么会知道。

阿达四岁随父母潜返回山西老家，转年父亲开山时被炸死，孤儿寡母生活日渐窘迫。阿达每想起四岁前的城市生活，以为是梦。

再见到岳爷时，阿达已满七岁。

那年夏天，阿达脖上生了一大疮，流脓血不止，当地人将这疮叫作"砍头疮"，不留意就要死人。母亲写信求医，求得些针药来吃来打，一个月没见好转。村里人就说，去找岳爷吧，他也许能治。

母亲用块新枕巾换了瓶白酒，带了他去那座小院。

岳爷的房子有混合的怪味，收拾得简单，干净。他穿了身黑衣裤，坐在一块方石上养神。

见他母子进来也不让坐，把白酒接了，倒进身后的一个大瓮中，然后拉过阿达，将头按在他的膝上，扯了脖子上的纱布，看那个大疮。

"有二十七个脓头，再不治就不用治了。"

话说完了，推他起来，翻看他的左右眼皮。

"终归不是此地生的，火大啊！落难了不是？小孩子呢，怎么想不开！"

等阿达再睁眼时，岳爷在冲他笑。将他的头扶正，对母亲说：

"什么药也别吃了，找着老母猪粪，背阴土（老房北墙根的浮土），和在一块儿，用瓦罐熬浆了，糊在疮上，七天就好了。

"你是大地方来的人，别不信我的话，如不按这方子治，这孩子就得死。"

岳爷把"死"字说得很硬，阿达以后听到那么多人说过这字，都没有岳爷说得震人心魄。也许这个字对母亲的震动很大，她快快回家，找了粪、土搅和在一起，在院子里架火熬起来。

再也没有闻过那么霸道的臭气了，至今，阿达一摸到脖子，那臭气就会从头顶弥散出来，欲避不能。

粪土熬好后，糊在脖子上，阿达感到这东西阴寒的力量，一下一下正把脊背间的热火抽走。每次换时，就看见板结的旧粪土带出脓血。七天后，阿达的疮已消失，那块洞中长出了新肉。

这次母亲用父亲留下的一条蓝布裤子，换了两瓶酒一块猪油，带他去见岳爷。

岳爷依旧在石头上坐着养神，依旧是不让座，接过白酒依旧倒进身后的大瓮。指着小块猪油说："这个你拿回去，炼了油给孩子抹在疮口上，新肉长得快。"母亲要推让，岳爷一摆手打住了。

"孩子，过来，让我看一眼你的记。"

阿达走近，扯起衣裳，岳爷盯着那记看了一会儿说："偏右了一点，怕会……"余下的话没说，伸过手在阿达的头顶一按。

"孩子弱呢，我也是外乡人，闲了让孩子过来玩，我们俩怕是前世的缘分。"

从那以后，阿达几年的生活都与岳爷有关。

教他认字。找了半天，找出一本唐人郑綮的《开天传信记》说："我没什么书了，就为认字，这书够了。我每天教你五个字，教认不教写，想学写，自己在地上画吧，咱们没纸。"

阿达依旧记得所教的第一篇课文，闲来背诵夹了不少山西口音：

上将登封泰山。益州进白骡至，洁朗丰润，权奇伟异。上遂亲乘之。柔习安便，不知登降之倦。告成礼毕，复乘而下。才下山坳，休息未久，而有司言白骡无疾而殪。上叹异之，谥曰：白骡将军。命有司具槥椟，叠石为墓，在封禅坛北一里余。于今存焉。

这白骡的故事，被岳爷讲出来就更显其神奇。阿达每认完五个字，就在掌心写画，写会为止。岳爷在一旁养神，过了一会儿就说："去吧，我这儿没饭。"

阿达后来回城，再后来找到补画这工作，想想与岳爷所学有关。阿达只认繁体字，且认得许多不再常用的生僻古字，招工考试时，曾将《聊斋》中的《双灯》一字不错地读下。虽有些口音，还是令那些年长考官十分中意。唯有字写不好，字大而笔顺全乱，好在将来工作很少用笔，也就算了。

阿达干补古画的活儿已有三年了。第一年只管配配丝、摘摘丝头。再后来就破洞、穿丝地干了起来。第一张画补的是苦瓜和尚的《兰竹》。此画真伪尚有争议，老技工不愿接，他主动接了。八个虫蛀洞，补好后只有一个尚有些痕迹，其余的再寻不着。

阿达前日接了六如居士唐寅的一张《白猿献寿》。画一展开至猿的眼睛处一霉斑将那只眼全部烂穿了。空空的一个洞，看似深邃无比。阿达猛然想起岳爷临死前给他的一封信，请求他一定要找到只青猴，取了它的猴枣，去救那孩子的命……

自那天看过那张画后，阿达就再没有打开过。这两天他以配丝、备料、选方案为由，延宕着补那张画的时间，他怕看见那只空洞的眼睛，那眼睛像是岳爷一直看着他。

或许真该去找找那青猴了。

青　袖

青袖攀上石顶，坐稳后，感觉天空悠悠而近，微风吹动毛皮，那短暂的颤动，使她觉得像有片刻的离开，飞翔？坠落？上升？无依无靠，像白胸第一次抱紧她一样。

青袖那时还在山上，自由地奔跑，在悬崖上长啼，听满河满谷的回响。他们飞快地从一棵树蹿向另一棵树，把果实抓在手中。跟踪孤单的路人，用石子用叫嚷将人吓跑。

青袖长成在一个遍布食物的秋季。那个早晨，她听见头顶树枝的声音，白胸拨开一丛黄叶在树顶上看她，白胸威严的目光居高临下，割断了早晨刚透进树林的红光。她忽然想同时表现惊恐和妩媚，她扭着尾巴轻声啼叫。那声音使白胸飞快靠近，她感觉到树枝被沉重地震颤，粗重的呼吸已接近她薄薄的耳轮。白胸在她的身边，像闪电过后等待着的雷声，她抖动着，微微嗫嚅。突地，白胸抓紧她，巨大的影子盖满头顶，她被强烈地摇撼着……

看着一根白色的毫毛飘向涧底。

青袖从铁链桥上爬过来时，看见小白胸在一块大石后睁开了眼睛，那是她唯一的孩子，她和白胸的孩子。这事谁也不知道，知道的猴子都已死去，知道还有片山林的猴子也都死了。没有谁能讲清楚什么是树林、清风，还有雨后的蘑菇和落下的橡子。他们已经习惯了那扇铁门投出来的食物，习惯了高墙上的人为了戏弄他们而抛下的奇怪东西。前几天，她捡到了一片残破的镜子，她看到了残破中一张衰老的脸，她知道那是清水中的自己。

那个秋天，白胸将满心的宠爱给了她。他们形影不离，在深涧的岩石上相拥，听风浩荡而过，看溪水中的明月，分辨夜兽的脚步临近又远去。她很快怀孕了，正是个贪食却多雪的冬天。

那天哨猴在南坡告诉大家，老平台上有很多玉米粒。雪下着，白胸知道这挺反常，他让哨猴再探。又有三只哨猴回来证实了这个消息，金黄的玉米粒在雪天哨猴的手掌上发着光。

她娇嗔地叫了一声，白胸不再犹豫，带领猴群蹿出树林。事后她知道了，是那声啼叫，使整个猴群陷入了灾难。

老平台上有一片雪已被扫净，上边撒满了玉米粒，饥饿的猴群一见到食物，已收不住脚步，众多的猴子扑了上去。她刚要冲出，被白胸拉住，要她等一等，白胸的眼睛里已布满了忧伤（她至今还记得那眼神，想起来，她的眼中会盈满泪水）。

过了很久，没有意外，她挣脱了白胸的手掌，那一瞬，白胸结实的指甲划破了她的右肘。她突然觉得什么断了，断在随即而起的一阵风中。回头时，她看见白胸的眼中已流出了泪。

……是多大的一张网啊，一下子把他们和天空隔开了。

人从山顶上出现，呐喊着，放着枪。她透过网孔看见白胸向他们飞快地冲过来，中途又被枪声震止。她拼命惊叫想让白胸逃走，这叫声起了相反的作用，白胸从山顶上毫不犹豫地冲下，雪飞扬着，白胸纷乱的身体越来越近。

她记得那声枪响，像永远打在她的牙齿上了。嗵的一下，白胸栽倒在雪地，再站起来，她看见白色的胸上喷出了红色，那火的颜色，湿了四周的雪地。

她昏了过去。

再醒来时，人已把他们分装进铁笼里。离开平台，她听见逃脱的两只哨猴在森林的方向凄凉地叫着。已近黄昏，白胸死的那片雪地被落日照得更红。

刚到动物园，猴群很久不能从悲伤和惊恐中走出来，一近黄昏，便对着落日悲啼，像是在叫喊着那片失去了的山林和王。她曾想过绝食而死，这念头一生，就会被肚内蠕动的小生灵打断。她想到白胸该会从她的身体中分离出来。

生活一再改变，这狭小的天地中产生了新的王。他把精美的食物和母猴据为己有。猴子们也渐渐忘记仇恨，整个白天，向着围墙高处的人献媚。年轻的公猴往往用一块手帕和一只儿童的鞋（都是人丢下来的）向母猴求爱，而不是有力地拍胸或雄壮地歌唱，他们开始习惯了发霉的玉米粒和有药味的麸皮饼。新生儿小猴都肤色苍白。

她生下的小白胸很弱小。某个时候她以为会养不活他，她拼命地抢食，用充足的奶水养育他。小白胸胸口没有一根白毛，这是她最为伤心的，像是白胸总在避开她渴念的目光。

小白胸一年后，依旧要拉着她的尾巴，才敢在山上攀登，她几次想驱赶他，都被他细小的哭啼所屈服。每当此时，她会伤心地想到白胸毕竟已死了。

小白胸三岁之后，突然地长大了，显出雄壮与威武的骨架。再也不依恋她，而是对年轻的母猴大献殷勤。她曾有过很大的幻想，他会成功，会成为这山中的王，会将白胸和她的后裔传递下去，这是她在孤单日子中最为欣慰的想法。

小白胸很快成为猴群中最能取悦人的猴子。他曾向一个被拐走卖艺而后来又回到动物园的江湖猴学过不少向人献媚的把戏。白天他总在向那些手里有东西，站在高墙上看他们的游客求乞。他为得到一个花盒子、一块糖、一支冰棍而打斗、争抢。

青袖每看到这番情景，就感觉当初该与白胸一起去死。现在想死了也找不到回山林的路了。

小白胸成年后，没能打败一个比他略小的公猴。此刻他在那块大石的背后，孤单地等着太阳照在他身上。

岳爷和大翠

岳爷在屋里时，屁股从没离开过那块方石头。冬天屋里没火，岳爷在石头上坐着养神，额角有微汗。

岳爷从不脱衣睡觉，在床上躺着也没有铺盖，直直地睡，一动不动。

阿达在母亲开始奔波上访后，就搬来与岳爷同住了。岳爷其实眼睛里没人，一天很少与阿达说话。阿达在院内的偏厦住着，上午学完五个字之后，就去山上放一只羊，每天爬到山顶，看很远的天外，看够了就剜野菜，而后赶着羊回来。这时岳爷已弄了些吃的，他们吃的不一样。岳爷吃奇怪的东西，有时是一盆菜，有时是一种石头磨的土。阿达吃高粱、小米。只有早上他们一起喝新挤的羊奶。

一部《开天传信记》一年就学完了。阿达已认了不少字。有一天上午，岳爷坐在石头上喊他："小子，来！"

"这是什么？"岳爷问他。

"是薄荷。"

"还是什么？"岳爷又问他。

"是草。"

"不错，是草也是药，给你治疮的猪粪、黄土、山上的石头、草里的虫都是药。万物有万性，万性分阴阳。你要分清阴阳，上可知天象，下可晓地理，达可济天下，穷能善其身。小子，从今天起我教你大本事。我一生没亲人，因了你那块记，我看出了咱们前世的缘分。小子，来吧，跪下给我磕三个头，叫声师父。"

阿达跪下，在那块方石的面前磕了三个头，轻轻叫了声师父。站起来看见岳爷转过身去，从身后的大瓮中舀出一碗酒，递给阿达说："你喝一口，剩下的我喝。"

阿达没喝过酒，喝了一口，感觉有箭射透了他的内脏。

岳爷并不总是在家中坐着，不过也不听村口那口破钟的召唤，岳爷每天傍晚要去牲口棚给牲口铡草。他铡的不是普通的草，是给牲口加劲、防病的草。这草因节气的不同，牲口状况的不同而变换。阿达上山放羊时，岳爷会交代他采些苍耳籽或马齿

209

苋回来。

岳爷还给全村人治难病。村里有个赤脚医生，掌握着一些白药片和碘酒绷带等很文明的东西，治嗓子疼、发烧很灵。不过到了性命攸关的时候，他只会说"别耽误了，快找岳爷"。岳爷接过这些病人或说能治，或说不能治。不能治的就判了个死，任再出山上省城也是个死。岳爷不会说错。

阿达自磕过头后，就不再学认字了。岳爷找了块木箱盖，涂上墨汁，每天早上在上边写上一段文字，让阿达背下，而后晚上考问一遍。对了，第二天再写段新的；错了，第二天依旧。

阿达还记得第一天那段白粉的文字：

　　蜘蛛，微寒。主大人小儿溃。七月七日取其网，疗
喜忘。

岳爷从不解释，只让他背。再就有病人来，岳爷会喊他过去，在旁听着，看着。听看之后，第二天的黑木箱盖上所写文字，与上一天看的病有关。

大翠第一次来时，天下着小雨。阿达放羊回来，刚把捡到的五只蝉蜕掏出口袋，就听见轻轻的敲门声。打开门看见破纸伞下一张白白的脸。

"俺找岳爷瞧病呢！"

她稍一笑时，眼睛眯得挺小，像瞄准了你之后再笑。阿达把她让进院子。

那天岳爷给大翠把脉时没叫阿达过去。阿达在灶间点着潮湿的柴草，过了一会儿，听到那女子轻轻的啜泣声。再过了会儿，听到破伞打开的声音，开院门送人的声音。

岳爷进了灶间，对阿达说："下次这女子来了，你别让她进上屋，你先进来告我一声……"

大翠有三十岁了，山后刘庄的人，嫁给了本村的闹蛋。闹蛋在东山矿上挖煤，常不回家，结婚七年了，没生过孩子。大翠被公婆骂作"连个屁都不会放"。阿达曾听过她公婆在院子里这样骂她，当时他觉得这不像骂人，像夸奖人，不会放屁是多好的事啊。

再来的那次，大翠穿了件深蓝布衫，那张脸就更显其白了，手里拎了只当年的公鸡，还是那句话：

"俺找岳爷瞧病呢!"

阿达没让她进院门，先跑进了上屋。岳爷已听见了，从里间走出来，手里拿着张狍子皮，把那皮铺在一个方凳上，对阿达说：

"领她进来吧，进来后，你让她坐在狍皮上。"

阿达领了她进大屋。岳爷已在方石上坐稳了，手里拿了一本书在读。阿达觉得岳爷那天有点紧张。大翠进了屋，阿达让她坐在那张狍皮上，而后自己侧身站着。岳爷过了一会儿，才放了手里的书，对阿达说：

"你去牲口棚，帮我把药草铡了。牛喂桑根白皮，马喂猪苓，一头喂一捧，去吧。出院子把门带上。"

阿达那天本极想随侍左右，想听听那女子说些什么。没想岳爷早有了安排，只得去了牲口棚。

回来时，大翠已走了，岳爷在上屋打坐，额上有汗。那是个月圆的日子，月亮高过房脊时，岳爷烧滚了一大锅水，从屋内挪出一口半人多高的大缸来，将那滚水倒进缸里，又从大瓮中取了两瓢酒，也倒进缸里，再从身上的一个小瓶中倒出些粉末，掸进缸水。

此时圆月正在头顶，满院子飘散开奇怪的药味。岳爷解了衣裳，跳进大缸，一动不动地泡着，远看有两股白气向月亮透过去。

半个多时辰，岳爷从缸里出来，穿好衣裳后，往缸里换了些热水，叫阿达也脱衣进去泡泡。

阿达将一个瘦瘦的身子挤进水里。站着时仅有一个头露在水外，抬头看见圆圆的月亮在云里走。走着的月亮一会儿变成了大翠的白脸，一笑时眼睛合得很小，像笑着要睡觉的样子。

缸里的水久不见凉，阿达感到无数只热手将他裹紧，把一层层的骨肉都暖烫了，下身那物也热胀起来。阿达难耐，急急爬出缸外。

那夜，阿达第一次梦遗，醒来看着湿东西很是惧怕，想不出是什么留下了痕迹，就去对岳爷说了。

"是我不该让你泡那水，以后睡觉时蜷着点身子吧，早起别喝凉水。今天放羊时抓三只大眼儿蜻蜓回来，晚上煮水喝。"

岳爷那天在黑箱子板上写的一段字是：

蜻蛉（一名蜻蜓），微寒。强阴，止精。

大翠以后是每月的朔望之夜都来看病，阿达将她引到上屋，依旧让她坐岳爷已铺好的那张狍皮上，然后自己出院子去牲口棚铡草药。岳爷那夜必泡大缸，有时对着一轮明月，有时满天星斗。

农村长大的孩子，总会遇到牛马狗鸡等畜类配对、交尾的事，自然懂事要早，阿达不能免俗。那夜梦遗后，静下来就会有莫名的焦躁。尤其在大翠来的朔望夜，阿达去牲口棚的路上，眼前总会出现大翠那张白白的圆脸和岳爷泡大缸时看月亮的情景。阿达真想知道他们留在那屋子里干什么。

也是合该有事儿，那天牲口棚的牲口都拉脚去了，只一匹老马在闲磨牙。阿达想着那事儿就急急往回跑，到了院门口，他又怕起来，也许会惹岳爷生气。

那夜是朔日，伸手不见五指，阿达轻推院门，悄悄回了自己的偏屋。上屋没声呢，一盏油灯就那么亮着，像连个人都没有。阿达真想喊一声问问，待要喊，上屋里传来那女子一种怪声，像在悬崖顶上唱高音儿呢！一声连一声，快了！断了！是死了吧？阿达就想冲进去看看，到了院子，又听那女子的痒痒笑，是高兴呢！阿达就不动，看着那灯挑亮了，两人在说话。

过了一会儿上屋门开了，女子出来，岳爷在门口站着，背后剪出两个人的身影。那女子出了门，又返回去抱着岳爷亲了下嘴。阿达在暗影里看了那情景，那事儿实了，岳爷和这女子干着狗连裆的事儿。

岳爷送那女子出院门儿，反身看见了在暗影里站着的阿达，先是一惊，后又问他：

"怎没去牲口棚?"

"……去啦，才回来。"

"……你看见了?"

"……听那女子说笑了。"

岳爷反身回了上屋，把门关了。那夜岳爷没泡大缸。

阿达一夜辗转，一夜把岳爷想成个坏人。他想找个时机把这事告诉闹蛋，看着大翠那张白脸被她公婆打出血来，结出一块黑黑的血痂，让那脸白不成了。

第二天，阿达起来挤过了奶，看那黑箱子盖上已写了新字：

> 夫天生万物，唯人最贵。人之所上，莫过房欲，法天象地，规阴矩阳。悟其理者则养性延龄，慢其真者则伤神夭寿。

阿达明白，这是岳爷写给他看的。但想久了也不明白这到底是坏事还是好事。

阿达上山放羊的路上，总能记起大翠那尖锐的高音和与岳爷别后的幸福步态。女子高兴呢！能让女子高兴或不是太坏的事儿吧？阿达解不开，想想，先不忙告闹蛋家这事，先就让它去吧。

214

过半个月大翠还来，阿达开了门就去了牲口棚，把大翠那句"俺找岳爷瞧病呢!"留在了身后。阿达在牲口棚等到了挺晚才回。岳爷已在明月下的大缸里泡着了，嘴里哼着皮影戏。

大翠再来时，后边跟了个男人。那男人黑、瘦，两眼挺大但分得很开，看人时，像只看人的两只耳朵。

"俺找岳爷谢来呢!"

大翠的话终于有了改变，那身后的男人马上说了一句一模一样的话：

"俺找岳爷谢来呢!"

阿达把他们俩引进上屋。岳爷手里没拿书，面前也没有了座椅狍子皮。大翠进屋后，不知该如何处置自己，看了看左右，那温暖的座位没有了。男人将手中的酒瓶递上，岳爷接了反身倒进大瓮里。

大翠站着，看着，突然在很高的声音中哭了出来，哭着就跪在岳爷的跟前：

"俺有了，能生养了，你救了俺呢……"

"俺有了，能生养了，你救了俺呢!"

那男人也跟着跪下，跟着大翠的后面说，也把哭声从嘴里放了出来。

岳爷一动不动，看着听着，眼睛慢慢像看到很远的地方去了。

过了一会儿，岳爷把眼睛转回来，咳嗽了两声把两人的哭声止住：

"是喜呀，别哭呢！回去，保着点身子。"

大翠站起来，把一双布满泪水的眼睛往岳爷身上看，那泪再滴下时，就没了声音，轻轻地把个离愁别恨写在了脸上。

岳爷的眼神水了一下，有瞬间的躲闪，而后，又像冻硬的铁。一挥手让阿达送客。

那是个朔日，半夜，阿达闻见院子里有烧臭味，以为是起火了。爬起来看，岳爷在院子里烧那张狍子皮。红火带着怪味升进黑夜，岳爷愣愣地看着，像个一心要走进那团火的人。

第二天早上，黑木箱盖上的字是：

狍子皮，温热。暖阴，起春情。

日子一天一天过去了，奶羊放老了，再放一只小母羊。

阿达的母亲长年在山外边上访。每年春节时回来，把厚的上访材料再重写一遍，过了正月十五就从山里再走出去。她的嗓子已很嘶哑了，但从回来的当天就在说话，不停地说着阿达很陌生的言语。

在母亲回来的日子，阿达依旧每天去山上放羊。有一天他觉得该给母亲配一服药，能让她的嗓音清亮些，能让她的神色镇静些。阿达找来了麦冬、蝉蜕、枣仁、羊角，煮了药给母亲喝，母亲喝过药先是安静了，安静后嗓音出了些清亮。

阿达把这事告诉了岳爷。岳爷听后只说了一句："该再加味王草，这味是药使。"

216

阿达没有再加王草，他觉得这已经够了。

春末的一天晚上，闹蛋家的人深夜来敲门。

"岳爷，岳爷，生不下来呀！大翠已喊了一天一夜了，生不下来呀！古赤脚没法儿啦！生不下来呀，大翠让来喊您呀！岳爷！岳爷求您快去吧！古赤脚使了针药不管用啊！生不下来呀！"

岳爷那夜根本没躺下，一直在石块上坐着，开着上屋的门。闹蛋的母亲刚哭喊完，岳爷就递给阿达一只包裹。

"关院门，跟上，快走。"

岳爷进了闹蛋家，先从包裹里取出一张画儿来，平平整整地挂在了墙上，是那送子娘娘像。而后拿出一束香，让闹蛋妈拿了香去大翠房中蘸着羊水出来。那时大翠的叫声像撕布一样，一下一下撕人的神经。

岳爷接过蘸了羊水的香，在送子娘娘的灯下点着，那香噼啪地冒着大火。岳爷看着，抖着手，自语道："横生倒养……横生倒养。"再回过头来问闹蛋妈："几天了?""一天一夜了。"闹蛋妈哭着说。

岳爷用抖动的手拉着阿达进了大翠的屋。

岳爷的手抖动着，一看见大翠就不抖了。大翠浮在汗透了的被褥上，长发散开像一张托着她头的大黑网。大翠脸已青了，嘴唇白得像纸、那一声声撕布的声音就从她起伏的胸腔中冲出来。她看见岳爷时，两滴泪从眼角上流出，落在枕上。

"岳爷，我生不出来……"

话刚说出，大翠猛叫一声就昏了过去。

217

岳爷从阿达手里拿过包裹，打开，掏出个小瓶，点出些粉末放在大翠的鼻子下。大翠又慢慢醒了过来，看见岳爷，嘴角努力着，想扯出一丝笑，但终于没有做成，又叹息着：

"我再没劲了……生不出来了……"

岳爷伸出两手，一手盖住大翠的眼睛，一手在她的头顶按摩。大翠慢慢睡着了。

岳爷拉了阿达的手出了大翠的屋。

闹蛋一家人都在外屋等着，见岳爷出来了，马上让座。

岳爷坐了，将一双化铁的眼睛闭上，久久不开。阿达看着燃着的香，依依袅袅，送子娘娘踩着云霞仿佛已渐远。

"晚了，女子力气耗光了。这会儿让她睡一阵儿，再生不出来，就要用黑狗血，那时大人、孩子只能保一个，保哪一个呢？"

岳爷是闭着眼睛将这番话说出来的，岳爷像说给自己，又像说给闹蛋家人。

闹蛋家人静着，谁也不愿做出选择。

闹蛋妈哭了："结了婚没生养，好不容易生养下来，又要来一个走一个，这是前世的孽呀！"

闹蛋的爸说："还是留下翠吧，没了娃再做一个。"

闹蛋的爷："不中！留下娃吧，这娃要不死就是个大命。"

岳爷闭眼听着，岳爷闭眼想着，烧到头的香塌了，香灭了，岳爷的额角渗出汗来。

"让翠拿主意吧！孩子生出来管她叫妈，孩子是她的，让她说，谁说也不算！孩子生出来管我叫爸，孩子也是我的，我听翠的，谁说也不算……"缩在墙角的闹蛋终于哭着喊了出来。

岳爷惊得睁开了眼，自语道："孩子是我们的，该由我们拿主意，孩子……"

闹蛋家人复又静着。

岳爷回过神来，大声说："孩子是你们的，该由你们拿主意，等女子醒过来，怎么个问法？"

"这是只给娃先做上的鞋，这是翠的手帕子。把这两样东西给翠，她抓哪个就是哪个。岳爷，信着你呢！等翠醒了，您拿着去问她吧。"闹蛋哽咽着把一只鞋、一块手帕子递给了岳爷。

岳爷拿起两样东西看看：一只老虎的小鞋，那小老虎的眼睛亲亲地看着他；一块绣了白牡丹的丝手帕，白牡丹花上是轮圆圆的明月。

岳爷用两只手拿着两样东西，叫了阿达，和他一起进了大翠的屋。

大翠醒着呢。

大翠都听见了。

大翠的眼泪从眼睛里流出来，一滴一滴滑过苍白的脸，滑过薄薄的耳郭，无声地落在枕头上，湿了，冷了。

大翠让岳爷扶她起来，手里拿了丝帕和鞋。大翠摸那小虎头的眼睛，眼泪就落在那鞋上。大翠把那小鞋死死地攥紧，放在胸上，放在她已胀起的乳上。

大翠拿起那块丝帕，递给岳爷。

"留个念吧，俺不怕死呢，死过几回了，不多这一回。"

大翠拉过岳爷的手把那丝帕放在他手里。

阿达清楚地听见了一种声音，是从岳爷肺腔子里发出的声音，像是山要倒塌的声音。

黑狗在院子里杀好了。

大翠喝了半盆血后，拼性命把孩子生了下来，那孩子是被大翠全身的血冲出来的。大翠没看见孩子就昏死了过去。大翠临死只说了一句："多好的孩子……"

阿达听见那孩子在天亮时狠命地大哭起来，东边天红了，浓浓的血腥气，铺天盖地。岳爷披着一身血走出来，拿起桌上的灯把送子娘娘那画儿点着了，火亮起来，岳爷身上的血比亮起的火还红。

意外的短剑

青袖把抢到的最后一块苹果，送给在猴群外啼哭的小猴。她再次爬过铁链桥，铁链已被太阳晒得温暖，若在手里握久了，又会凉回去。这铁的冷暖，她已经摸熟了。

小白胸孤单地在山顶坐着，似把一块最高的石头升高了。青袖刚才看到，大王与红腰交配时，他眼里的火正把泪水灼干。一个没有争到王位的公猴，在猴群中就等于不存在。

青袖想到白胸和她的后代将由此而断，就把一声叹息吹出嘴外，那轻轻的声音像是白胸就在近旁，把相同的叹息也吐出来。青袖从走了一半的铁链桥上退了回来，太阳高了，她该找片有阴影的地方，去看那些游人从高墙上出现。

动物园大门外有四个售票口。九点、售票口前已排满了人，这些大多是外省来旅游的，本城的人不会在这个时候来，九点正是夜行动物睡觉的时候。如换个时间下午四点钟来，所有的动物就都醒着。你可以看到养兽人将大块的牛肉、活鸡、兔子，扔给狮、虎、蟒、豹，听这些猛兽用牙齿嚼碎骨头的声音，看一个动物把一个动物吃掉。

排队的人中，有一消瘦的中年人，披着斗篷，那斗篷上已满布风尘。他的头发在脑后绾成一束，将光光的前额突显出来，显出英气豪气傻气呆气。整个装束只是少了腰间一把剑，否则将是决然一大侠浪迹市井的模样。

斗篷人在四个长队之间来回踱步，显出焦躁不安，嘴里用方言念着："人在江湖，身不由己……人在江湖，身不由己，身不由己……"直等动物园大门开了，他买了票进了门，才把这话停下。

猴山在大门东侧，此时动物园唯有这一处热闹，猴子与人的作息时间相似，也是白天奔波、夜晚睡觉地过。这些猴子已摸透游客的心，只要热闹，他们就会往下丢东西。

小白胸暂时从忧伤中挣了出来，他从山上急驰而下，将一只只比他地位低下的猴子安排好位置，然后他爬上高坡，冷眼看着，等一些稀罕的东西从人手中扔下来。

斗篷人进了门后信步走着，他走着相反的方向，先是看到湖中的水禽。看到天鹅说："鹅也在里边?!"看到野鸭说："鸭也在

221

里边?!"看到野驴、野牛、岩羊、牧羊狗后,斗篷人很觉失望:"骗人呢!把个牲口都叫动物,骗人呢!"

斗篷人觉得受骗了,就把胸中的一口豪气泄了,将一副骨架放松,那斗篷也就垂缩下去不再飘荡。斗篷人看过了沉睡的狮虎,吃草的骆驼,忽听到右腕上的一尺剑嗡嗡直响。他找一僻静处将剑从袖中拔出:"剑啊!知你被冷落了呢,自古英雄皆寂寞啊。"那剑迎风而鸣,薄薄的身子秋水一般。斗篷人看了剑又把它收回右腕的鞘中。那剑小而精致。

斗篷人看到猴山时就加快了脚步,远远看到猴子蹿高下低,极为矫健。斗篷人离得很远就高喊:"诸位请了!诸位请了!"身后的斗篷平飞而起,将一些看猴的人分开,找一宽绰处,愣愣地看着猴子们在山石上翻扑滚打,腾挪跳跃。看到高兴处大喊"好手段"。

猴子们还从没有听到过这般发自肺腑的赞叹声,一下将他视为知己,齐齐地拥过来,蹦跳得更加热闹,跳过之后将一些期待的目光射向他。经久,并不见他有出手相赠的意思,就大骂数声,向一直往下扔东西的胖子处奔去。

斗篷人刚刚抱拳说了句:"大内高手,身手……"话没完,众猴竟抛下他,向一浑身铜臭之人蜂拥而去,他这拳就有些放不下来了。放不下来就要再举高些,举到高处手一挥大骂:"真没想到,这不晓事的猴子都学成了势利小人了,世无英雄啊,世无英雄!"骂罢,大恸。

斗篷人挥手时,一道银光从他右袖间飞出,当的一声落在石影中躲太阳的青袖面前。青袖睁开眼睛看到一件像水一样亮、冰一样冷的器物，青袖伸手把它抓在手里。她衰老的脸映在冷水中，青黑、枯瘦。青袖感觉到白胸似在那件器物的背后看着她，她转过剑来，依旧在那中间只看到了自己的脸。

一只小猴发现了她手中的一尺剑，奔爬过来，伸出手来抓抢。青袖慌忙一挥，剑锋只轻轻一擦，就削去了小猴的一只小指。小猴惊叫大哭，青袖忽然一愣，丢下那剑，抓了把土掩在小猴流血的伤上，将小猴抱在怀中，抬头看那穿斗篷的掉剑人已不见了踪影。

青袖将小猴抚慰安静，放他离开，便用身子罩住那把小剑，没再拿起，也没有离开它。

青袖知道这是白胸送来的东西，那明亮的毫光处处闪着白胸的眼睛。这是一件凶器，她拿起时就感觉到了，白胸将一件凶器交给她做什么？此时，大王从他歇息的石屋中踱了出来，高翘的尾巴在阳光中闪着金光。他懒散地分开环绕着他的母猴，在高墙下巡视起来。他从不看墙上的人，只是把惊慌逃离的猴子抛下的东西拿起来看看，或吃一口，或撕坏揉碎。他每天巡视两次，对稍有怠慢的猴子必施以权力，他以此来巩固他大王的地位。

大王踱到了青袖的面前，看见了地上刚才小猴掉下的残指，和一小块血迹。他拿起残指仔细看着，又用手蘸起血放在嘴里微微一尝。青袖蓦地看见他嘴里的白牙被血水染红，而后那红水流过下巴滴在大王的胸上。青袖看见了大王将死，青袖在一刹那明白了这剑的用意，她背过手臂将那把小剑迅速插进石缝里。

大王抬头询问青袖那截断指的原因，青袖呆呆看着断指，用目光反问大王。大王吼叫着扫出一掌，青袖像片树叶飘开，那身后露出的是一堆粪便和腥臊的尿，大王掉头而去。

青袖听着最后一个游人的脚步远去。太阳很低了，它的光照在天边的一块红云上，那块云鲜艳且清晰，看久了就会浓重起来，像要垂落覆盖你。

猴子们吃饱了，懒洋洋地躺着，捉虱、交谈或和她一样在呆呆地守望。还要等天再黑下来，太阳落尽之后，再把剑取出来，去找小白胸，把他父亲的意思告诉他，让他……青袖想到这儿就不安地抬起头，看见那块红云像破裂了，淋下一天的血。

天黑尽了，青袖将手伸进石缝，抽出那把短剑，剑锋的寒气，使她谨慎着，避免与其相碰。剑在夜晚依旧闪出毫光，青袖用整个身体小心地遮护着，爬到一个向南的石凹处，小白胸正在那里孤单地望着天。

小白胸先嗅到一股熟悉的气味，那与儿时有关，接着他看到青袖那对闪着白光的眼睛，在黑夜中静静地看着他。小白胸记得这只老母猴是自己的母亲，也记得她这段时间失望的目光，小白胸把眼睛又转向天空。

青袖看着小白胸，一种爱在心内翻滚着，她看着他那孤单的双眼，一时自己的眼中涌出泪来。青袖把短剑举起，划破小白胸看天空的视线，然后让那剑在手中直直地不动。小白胸盯着那柄放出毫光的剑，疑惑不解。青袖举着剑再走近他，而后剑一落，只轻轻地一擦，自己左臂上就翻出一个口子来，腥热的血慢慢渗出。小白胸愣愣地看着，眼中现出更深的疑惑。青袖看着血滴出手臂，滴落在地上……轻轻拉开小白胸的手，把那短剑放在他手里，说了一句："让大王死！"就转过身去，爬进深深的夜色。

岳爷的信

大翠死后，没过多久，阿达的母亲终于用一摞摞上访材料换回了一张薄薄的"平反通知书"。

阿达要离开岳爷了。岳爷自大翠死后就再没有在黑木箱盖上写过一个字，闲下了在石头上打坐，额上已不见了汗，很多次阿达以为岳爷睡着了。

老母羊已经死了，小母羊刚好能挤奶，阿达最后一天去牧羊，久久地在山上不愿下来。他看着山外云彩下的远处，那是他四岁前住过的地方，那地方原本还有个爸爸，现在那地方空着，他要走过去，岳爷就会给关在外边。阿达觉得自己已经熟悉了这天天要走的小路，熟悉了那座院子，院子上的月亮，黑木箱上的字，那个四岁前的梦他早就忘了，甚至母亲都有些陌生了，他干吗非要回去？

天快黑时，羊咩咩叫着要回家。阿达走下山坡，远远看见小路的尽头，岳爷在院子门口等着他。阿达想起第一次见到岳爷的情景，眼泪就滴下来了。岳爷看见他后就转身走进了院子。过了很多年后，阿达一想起岳爷，就是这个情景，岳爷的身后布满了夕阳放出的红光。

225

走的那天，队长在村头敲着那口残钟，挂钟的大树上，枯黄的树叶被纷纷震下，深秋从一枚败叶上弥散开来。阿达的心已然平静，他看着乡亲们走过来，说着些惜别祝福的话，他母亲一声声地哭着、谢着。人群中没有岳爷，岳爷昨夜送给了他一个小包裹，说里边都是救命的东西，让他留好了，并告诉他在二十七岁时注意点，别出那个城。说完后岳爷就回了上屋。

阿达在人群中看见了闹蛋的妈，抱着大翠的孩子，远远看着阿达在一瞬间才忽然意识到，世界上已没有大翠了，大翠换了那个怀里的孩子。

一走七年，这期间阿达给岳爷写过几回信，告诉他城市让他不自在，他不愿过马路，不愿去教室坐着和众人喊一篇课文，城里没羊奶喝，总吃有陈味的细粮让他身上觉得没劲儿，城里人欺生，管他叫侉子，那些个半大小子也会说爱情，满街的男女相跟着走，把两个人的事情都做给众人看了……把信一寄出去，阿达就盼着岳爷回信，七年岳爷一封信也没回，那个小山村，山村里的人像是消失了。

唯一的痕迹是岳爷临走送给他的小包裹，孤单时，阿达就会拿出来，一件件地看看又放下。里边有晒干的青牛尾，十年的白雄鸡头，狗宝，豹牙，一把用药汁锻制的尖刀，一缕圣者的头发，还有一句刻在骨板上的咒语。岳爷在一块白绫上写下了这几样东西的名称和用处。阿达对这些用途并不十分当真，只是在看着这些东西时，感觉到岳爷会近些。

七年后的一个春天，阿达突然接到了岳爷的一封信。

仲达小兄：

　　我已不久人世。接信后我将入山坐等大限之时。你我一段善缘本当就此了了，不想轮回无限，罪孽无常。只因我八年前私种孽根，害死大翠一条性命，上天有眼，所生那小儿却是个痴子。生出那天我即感不妙，小儿当不起那重重的血光，已被迷了心性。此时七年已过，我遍寻良方无一解法，小儿越发见痴，再过三年恐怕命也难保。每想至此，便觉撒手不忍。我本罪有应得，而大翠原是以死换了这儿，其情之烈，意之坚，七年来使我欲死不能。每念至此，老泪纵横，大错已铸，无一良策挽回。

　　今写信给你，是我最后之希望。治此痴儿只有一味药可立即见效。药为猴枣，乃长年之母猴肝胆间所生结石。味大寒，清心，治心迷意乱。此药我遍寻七年无一踪影。阳数已尽，想我世间再无一亲人，此事唯有托付于你，想来也有些强人所难。然我已推过几次易数，算你终有一遇。我去后将在阴间静心祝你，万望不要推托。切切！

愚兄　岳青风
年　　月

再：

　　此猴毛色发青，目有白光，老而无疾，盖因其命养药，药养其命之故。你可用包裹中小刀取药，那刀已浸

227

过麻药，疗伤再无痛感。

青风又及

　　阿达接信后，读出一身春天的汗来。岳爷已去了，想见也想不到了；大翠用性命换的儿是个痴子，这是什么样的惩罚啊，想想有些东西用死都换不来，活在这世上要短了多少气啊。

　　阿达最大的伤心处，是突然感到了消沉。这世界，这生命，这经历，更多地告诉着他无奈。就像他手中补着的那些古画，补了还要破，破到最后就是个消失。有多少好东西不存在了，这长而又长的时间从不管好坏，它都要毁灭。甚至做了先贤大哲免不了有一天也要被粪汁污秽喷洒。就做个平常人吧，可真正的平常人又不让人看到，看左右那平常的东西都存着些无可奈何，谁见过原可以不平常而甘愿平常着的人。他只觉得岳爷有些接近，但岳爷没想透个"死"字，他怕身后空落，他想留个影子在世上。也许这是对死的最后抵抗，一个没有后的人死了就全然地死了，再无牵挂；而有后的人或会死得欣慰些，有自己的一部分依旧和这个世界联系着，这该轻松点。

　　想到此，阿达觉得岳爷情有可原。他要帮他去找那猴枣，帮岳爷和大翠去救那孩子。

　　三年中的一年半过去了，阿达最北跑到了河南与山西交界的伏牛山以北，南方跑到了贵州，他用假期在有猴子出没的山上吃住，看到的猴群中没有一个青毛、目发白光的老母猴。阿达每次失败而回，就觉得猴枣也许是个神话，并没有这东西。岳爷最后

228

的信只是一种忏悔自己的形式，是想最后拯救自己的努力。

想归想，阿达还是竭力地寻找着，他闲下的时间都与猴子联系着。昨日他坐电车去办事，阳光下，看见一个耍猴人顶着草帽，正牵着两只猴在被晒烫了的街上走。他顾不得同行的小李，忙下了车，追过去看了那猴。不是青猴。

阿达该去的地方都去了，只一个地方他没去，动物园。

大王死了

第一个看到猴山里有死猴的，是一外省的青年参观者。他是那天第一个进园的游览人，迈着那种匆匆的不够兴奋的脚步，在动物的馆舍之间一晃而过。他没有闲心看得更仔细，他来动物园只想得到一个来过动物园的名目。其实不来也是可以得到，这他还没有想到。

他走得太快，当看到猴山时，第二批游人尚离他挺远。他独自俯在矮墙上时，一山的猴子都把目光对向了他。他看了看身子左右，有种被猴参观的感觉。猴子准确地判断出他是个不会出手喂食的人，很快散开了。他顺着环形矮墙走着看着，在一块大石的背后看到了躺在血里的一只猴子。他无意地喊出："那猴子死了！"喊完后听那声音在环形的猴山里传递，猴子们并不理会他，也没有一个人对他的喊声做出反应。他突然觉得自己表现得有点大惊小怪，干吗为一只死猴子喊叫，有猴子的地方当然也应该包括有死猴子，正如有鸡的地方会有死鸡，有羊的地方有死羊一

229

样。猴子总要死的，或因为仇杀。

这时的猴山外边还只是他一个人，他打消了等第二批游人来时告诉他们有死猴的念头，他觉得这样做会显得太孤陋寡闻，城市就该是个包容奇怪事情的地方。他想不到一大早会有那么多人在风雪中搂着跳舞，在夜晚的树荫下有人在轻轻地打拳，城里人拉屎的地方，比他们家盖得气派，不过也有的房子并不比他家的好……想远了，他再回头看了眼那死猴，挺大的身量，怎就被打死了？应该是打死的，看它身下的血。青年转身走了，他觉得这该是他回村吹牛的一个口实：猴山里有死猴。

第二个发现死猴的人，是个小姑娘。她是为老师布置的一篇作文而来的。老师让每个学生写一篇有关动物的作文，要求是真实可信，有形容、比喻、排比、论说四种手段，词汇丰富，层次分明，标点准确，主题突出，没有错别字，注意时间地点人物三要素，立意要高，描述要优美，最好先观察后再写，严禁瞎编乱造。小姑娘原不想来看猴子，她总觉得看了又看的东西反而写不好，没有光彩，没有想象力。小姑娘的爷爷不这样看，他觉得老师该不会错，老师说观察后再写，就要观察后再写，不过他对"真实可信"这个词有点疑惑，真实原本就是真实，为什么要可信呢？是可信的才真实，还是真实的才可信？或者是光真实了不行，还要可信，只要可信了就必真实？再或者是真实可信缺一不行？搞不清楚，搞不清且存疑在自己脑子里，不可对小姑娘说，小姑娘要绝对服从老师。老师是按小学生考试的标准教的，其他写法考试通不过。考试分一类文、二类文、三类文，一类文分解

230

起来要像菜谱一样葱、姜、蒜、味精、郫县辣酱等，外加老汤一勺，糖十六克，盐少许，桂叶三枚，火先文后武，等等。古人说"君子远庖厨"，这话现在看已不对，学会做菜与学会作文有相通之处，就程序和形式上是这样。

小姑娘看见死猴时喊了声："爷爷!"老人走过去，看了很久才看清有一只猴子死了，躺在血里。老人要拉小姑娘离开那儿，小姑娘不走，她看到那只死猴脖子上有一道刀伤，伤口像流干了水的岩缝，已经干枯了，有一群苍蝇围在伤口周围。小姑娘流下泪来，她觉得恐惧而悲伤，这只猴子为什么会被杀死呢?

老人将小姑娘拉走，他一时也手足无措，他极力让小姑娘看那些还活着的猴子，看猴子的毛色、神态、吃食时的表情、欢乐的追打。小姑娘沉默不语，过了一会儿问："爷爷，作文能写死猴子吗?"

爷爷说："不能。"

"为什么，这不是真实的吗?"

"……对，是真实，但有点不可信。"老人突然想到了刚才的那个问题。

"不可信就不真实? 可我看到了，我想写它的故事。"

"这不行……老师让写活的动物，没说让写死的，如果让写死的，我买条死鱼让你写就行了，你还是看那些活泼的猴子吧!"

"我有点看不下去，心里总想着死的……"

老人突然觉得今天来动物园有点多此一举，其实蹲在门口看会儿蚂蚁也可以写出好作文来，或借李爷爷养的鸟看一会儿，再或者借王奶奶养的猫也行。

"这样吧，你写两篇，一篇活的，一篇死的，这样比较全面，同时真实可信，一并送给老师，让老师评判吧。"

第三个看到死猴的人，找不出来了，像是一群人同时看到了，同时惊讶，同时入神地看着，同时离开，把死猴交给后边的人看。

猴山内的猴子，那一天几乎没有得到一片从观众手中扔下来的食物，人的目光都集中在躺在血中的猴子那儿。他们看过了死猴就匆匆而过，对这些活的猴子没有一点兴趣。死的猴子是大王，猴山在那天黎明时只听到了大王一声恐惧的叫喊，然后就平静如常。早晨猴子们看到大王死了，每只猴子走过去都碰了一下他，像是证实，或是告别，然后他们接受了这个现实。二王就是那个早晨慢慢地翘起了尾巴，并兴奋地与红腰交配了一次。

三王小白胸在一块热石上晒着太阳，他只觉得身上顽固地冷着，很久也没有感到阳光的温暖，他盼望那些流在地上的血能被什么收走，消失，否则那血散发的气味总使他寒冷。他也盼望那具尸体尽快消失，让那块石头的背后什么也没有，只有泥土上石头的影子，让消亡了的尽快消亡吧！

青袖平静地吃过几片早晨的苹果，她仔细地看过了大王最后的面目，像被拒绝后的无奈。大王紧锁双眉，那张嘴紧闭着，而伤口张开，巨大的喊叫该是从那里发出来的。流尽的血已变成深褐色，她想到这血如沾到牙齿上会变得鲜艳，像在冰冷的雪地上一样。

青袖看到了在阳光下抖动着身子的小白胸，她注意到他没有向这边看过一眼，她真想爬过去安慰他，抚摸他的头发。她没去，她觉得该表示的，都已表示过了。

三王小白胸看到二王翘起尾巴，身上的冷消退了很多，他感觉到了他并不是这次事件的直接受益者，他离那个位置还有一段距离。这使他冷静了下来。

他很快就发现了，围墙上的人今天只对死猴子感兴趣，他们拥挤着，看过之后就纷纷离开。焦躁的猴子们不管怎样兴奋也不能得到一块食物，猴群正在把得不到食物的怨恨，迁怒在那具死尸上。

他开始想鼓动猴子们把尸体撕碎，扔到各个角落中去，但很快他觉得这样不好，那样会使大王的影子到处都有，这该比现在更糟。他希望那个喂猴的人能发现这具尸体，并把他收走，但这死尸在假山的另一面，透过铁门根本无法发现。也许该把尸体抬到铁门的跟前去，让下午的喂猴人投食时能看见他，对，就该这样。

小白胸走进焦躁的猴群，指挥他们把死尸移走，猴群畏缩着不敢向前，他撕扯着，叫喊着："这尸体不移走，就永远得不到人投下的食物！"猴子们被说服了，抬着大王的尸体向铁门移去。

这情景将高墙上参观的人们感动了。他们欢呼着扔下很多吃食，这使移尸的工作中止了好一会儿。等猴子们吃完了各自手中的食物后，那项工作才又继续下去。

下午四时，饲猴员小任打开铁门，看到了被苍蝇围困的死猴，他惊慌地丢下食物，向动物医院和园保卫科打了电话：一号猴翘尾金毛死了，死因不明。

他杀，猴皮和现场

小任事后非常后悔多打了一个电话。其实给医院打一电话就行了，让他们来个人，证实一下猴子确实死了，开个死亡证明，他把死猴一处理，事儿就算结了。

结果，那天是保卫科的戚科长先到的。他隔着铁门，一眼看到了大王脖子上的刀伤，他是法医出身，那刀伤先让他得出两个结论：一是操刀人臂力极大；二是手段极高，只一刀便置一号猴于死地。戚科长反身对小任说："初步定为他杀，你保护好现场。"

小任被"他杀"和"现场"这种词搞得很慌乱，先一个感觉是：今天下班不会早。

戚科长说完那话，拍了拍手就走了，其实他什么也没摸，那可能是告一段落的信号。

小任认为喂食和保护现场之间的矛盾是两个方面。喂食就不能保护现场，保护现场就不该喂食，他决定不喂食了。

这时动物医生刘小姐来了，离很远就喊着问他：

"怎么了，谁不舒服？"

小任觉得医生们都挺怪的，先是说话极短且极有效，"听听"

234

"张开嘴，啊！""后边""脱裤子""趴下"；再就是好像把所有人都看成病人了，高视阔步的救世主模样。比如这位正走近的刘小姐，长得很美，就是太医生化了。

"不是不舒服，是彻底地舒服了。"

"……呀！死了吗？那还叫我干吗？谁治得了死的。"

"没有你，它死不了。"

"这话怎么讲，有病吧你？"

"不开死亡证明，谁敢说它死了？即使死了，其死因是自杀还是他杀，或病死、误伤，该由您刘大医生大夫郎中救世主菩萨做个结论呀！"

"还他杀自杀呢！别阶级斗争扩大化了，填个自然淘汰吧。"

"不敢，刚才戚科长来，说了是他杀，让保护现场。"

"哎呀哎呀！一只猴子，还他杀呢！快处理了吧，这么热的天，再保护现场猴子该生病了。也不利于参观呀，看那些游客都在看死猴呢，好像咱这儿兼做殡仪馆的买卖似的。老戚那儿我去说。"

刘医生说完，放下"死亡证明"走了。

小任觉得刚才把医生比作救世主这很恰当。不过刘医生还救不到自己身上来，这还不光是她是兽医的缘故，关键是如果真成家，小任觉得应该男方扮演救世主，而女方要装成时刻需要拯救的模样，那才有意思。小任想遇一风尘女子，像玉堂春或花魁娘子那样的，将其救出火坑，相爱成婚。这样可以把普通人的一件事做成两件：既结了婚，也救了人。

想到救人，小任就把手里端着的饲料都撒进了猴山，然后去打电话叫在虎山扫笼的全胜过来帮他处理死猴。

全胜追着他要猴皮要了三年，好像他小任是猴子似的。全胜爱钓鱼，说夜里在河边打卧，猴皮又轻又隔潮。全胜三年里给他送过三回鱼，催紧了，小任就把钥匙扔给全胜："你进猴山自己剥去吧，挑好了剥下来就是你的。"全胜觉得他这话没劲，把与猴子的友谊看得比阶级兄弟的友谊还重，假道德家的嘴脸。

全胜高兴地来了，用目光探询着猴皮之所在，小任指了指铁栅门里。全胜看着愣了一会儿说：

"我光要猴皮，那皮里边的东西我不要。"

"是，没说连里边的都给你，你把皮拿走，剩下的东西还有人要呢！"

"那先让他把里边的东西取走，我再来拿猴皮。"

"皮之不存，毛将焉附！"

"哥们儿你不是不知道我怕见血，见了血就晕，家里杀鸡杀鱼都是你嫂子的事儿，你这不是调理我吗？"

"要不要？"

"要！"

"找辆车把死猴推到养狗的老万那儿去，他会剥皮，皮里的肉归他，喂狗。这猴儿没病，是他杀，喂不坏狗。"

全胜找来了车，把死猴运走了。

猴子们觉得那天的傍晚去得很慢，他们看见太阳落下去了，而夜迟迟没有从地上长起来。猴子们一整天没有遇到大王巡视时带来的惊惧和恐慌（那是一种压迫带来的温暖和稳定感）。大王没有在寻常的时刻来到，猴子们便觉得像缺了什么。他们在白天已经看到大王倒在血泊里了，但大王只是倒着，他也许还会站起来。当下午尸体被运走后，他们才感到了真正的不一样。大王消失了，猴山仿佛变大了，空落了，那些原来环绕过大王的年轻母猴，惆怅地独行着，为今夜的清冷而洒泪。

小白胸在他惯常的石凹中安稳地坐着。下午他看出了铁门内的那些人对大王的死表现得极为平淡，他们为得到了一张猴皮而高兴。大王被运走了，那两个人抬他时都背对着伤口，人对伤口的恐惧比猴子要深。

大王被运走了，死了，消失了，小白胸第一次感觉这将要来临的夜这么安静。心正被徐风清洗着，像可以随时进入的光影。二王翘起尾巴并不有力，他老了，尽力维持着两个年轻的母猴。傍晚时他看到那些原来的嫔妃们无依无靠地转悠，几次在他面前经过，递过探询的目光，他不想，至少今夜他只想单独宁静地度过。

过了三天，小任上早班送饲料时，隔着铁栅门，看见又一只猴子躺在原来那只死猴的位置上。他没慌张，曾一时以为全胜他们又把猴子送回来了。细看不是，这猴要老些，毛色要暗些，他想起戚科长说的"他杀"身体就冷起来，把一盆玉米抖落在地上。

237

这次是大夫刘小姐先到的。戚科长只在电话中说了一句"保护现场"，过了很久没来。

刘小姐问小任能不能开了铁栅走近些看看，小任说："等戚科长来一起看吧。"

小任第一次在一个医生的眼睛里看到了慌乱，无依无靠。此时的刘小姐明艳动人，由不得人不去安慰她几句。

"没关系，这死猴和第一只相同，再算个自然淘汰吧。"

"淘汰不成了，再淘汰该淘汰我了……那天，我在电话里和戚科长吵起来了，我让他别用人类的肮脏思想去揣摩动物。他反讥我说，除了人类肮脏的思想，他不会用动物的思想。他说得挺有理，但我还是咬定了自然淘汰，他气坏了。"

"你现在觉得这……还像淘汰吗？"

"有点不像了，这猴子脖子有伤口，身上有血。但我觉得'他杀'这词也不准确，该用'人杀'这个词，我想猴子肯定没进化到会打造兵器吧！"

小任觉得刘小姐脑子里都是思想。这不符合他的择偶标准，一个充满思想的女人比一个医生还可怕。如真结了婚，家里会整天笼罩在长篇大论下，这样家庭与社会就没什么区别了。

戚科长远远走过来了，右手拿了根电棍，左手拿着一个发亮的东西，是手铐。他拿手铐干吗？抓猴子不能用那玩意儿，抓人，抓谁？他和刘小姐，好像一副手铐又不够，如抓他就抓吧，让刘小姐看着他被铐着从她面前走过；如抓刘小姐他要救她，他从小就在找一个救年轻女子的机会，这机会来了。

戚科长让打开铁栅门，他什么也不说，就蹲在地上看伤口。

青袖坐在一块高石上，看到铁栅门打开后走进三个人来。一个穿着雪白的大褂，是个女的；一个穿了一身绿衣，手里拿着黑棍子；再有一个是每天来喂食的小任。

猴子们看到人进了猴山，都惊慌地退到山石背后去了，青袖没动，看着那个绿衣人在查看二王脖子上的刀伤。他能看出什么来呢？二王会在死时把秘密写在伤口上吗？那绿衣人看了伤口就站起来，跟着地上的血迹走，另外两个人跟着他走。

他们跟着血迹能走到白胸被杀死的那块雪地中去吗？人总以为他们什么都知道，其实他们什么也不知道，他们想不出大王和二王为什么会被杀死。他们不知道青袖我活着和痛苦的原因。

青袖看到小白胸在命令一些猴子去给人捣乱。接近绿衣人的一只小公猴，被那人用黑棍一碰，就在地上翻了好几个滚，把一个停在中途的笑，在脸上挂了很久。猴子们知道那根黑棍的厉害，都仓皇地避开了。

绿衣人在血迹的末端看了一会儿，又围着山石转了一圈儿，看了看高高的围墙，而后，三人一起退出了猴山。

戚科长在一个小本上写了些什么后说："这只猴的死因与上一只猴相同，为'人为杀害'；所用凶器为西北保安的'一尺剑'；凶犯可能由高墙上下去，使用的是软梯。现在不清楚的是凶犯的作案动机，他为什么每次来杀死一只公猴？你们二位有什么高见?"

"也许是性变态虐杀狂什么的。"刘小姐说了两个专业的名词。

"也许是想试试刀,见见血,练练杀人什么的,或就为了得张猴皮。"小任想说得轻松点。

"上次的猴怎么处理的,猴皮还在吗?"

"猴肉喂狗了,猴皮给全胜了,不过他不会杀猴,他见血就晕。"

戚科长合上小本说:"就这样吧,我去向领导汇报一下,这死猴拉库房先冻起来,有情况再联系。"

戚科长走了,他根本就没有用那手铐。

"他带手铐来干吗?"刘小姐也注意了那手铐。

"为了震乎震乎咱们。"小任说完后很觉失望,这手铐没能使他完成一个壮举。

领导决定

第二天,领导打电话让小任去一趟。走进办公室,他看见刘小姐和全胜也在。当然,为死猴子的事,这事看来复杂了,没完了。

领导让他坐下后,依旧在翻看手里的一个文件。领导们总是那样客气地让你坐下,然后冰冷地翻看文件,等到一定的时候,他才开口说话。

"今天找你们三位同志来，是为了那两只死猴子的事。情况我们都清楚了，案子还不能结。我们决定派人值夜守护猴山，一是为了避免再发生死猴子的事，二是最好能抓住凶犯。值班的人选也定好了，就是你们三个人。不，不，先别打断我，有意见等会儿提。你们三个人与这次案件或多或少都有关系，派你们值夜也是给你们个将功补过的机会。具体安排是从今夜开始，每晚从十点值至早晨六点。你们三个人分别安排在猴山左右的三棵树上，这样可以居高临下看得清楚，也可以避免你们溜号睡觉。"

"我不会爬树！"全胜悲伤地说。

"我怕毛毛虫！"刘小姐也提出理由。

小任什么也没说，他觉得这主意不错，他挺想抓住那个杀猴的人。

"不会爬树没关系，每天晚十点，由保卫科的同志用梯子送你们上去，早六点接你们下来。"

"我想撒尿怎么办？"

"在树上尿，我们的祖先不就是这样的吗？再说天黑了也看不见，就尿吧。"

"就因为一张死猴皮就这么治我呀！不干！"

"不干也得干！定了的事就要执行！你们去保卫科找戚科长接洽一下，还有什么事由他解决。"

刘小姐没再提毛毛虫的事，她知道说也没用，她想等会儿先去猴山选好一棵树，然后找敌敌畏喷一下。她觉得这事只能这样办了，再说一生哪有机会在树上过几夜呀？这挺浪漫的。

三个人约好了晚上九点四十分在动物园大门口集合，一起进去。夜里的动物园不是什么好去处，那些夜行动物闪着亮亮的眼睛嚎叫，一个人绝对不敢在豹、虎、豺、狗的笼子外穿行，吃不了你，能吓你个半死。那个杀猴人胆子也够大的，就那么独往独来见了血地走。

保卫科亮着灯，戚科长在灯下平静地看着书。小任听见刘小姐骂了句脏话，这脏话让小任觉得刘小姐挺可爱的。

戚科长扛了架人字梯和他们一起去猴山。全胜在路上提出，能不能不上树，戚科长说："不行，别的地方会暴露目标，只有上树。"

刘小姐先上了自己白天选好的那棵树。她穿了一身长衣裤，戴了手套和纱巾平静地上去了，选了根大树杈坐下后说："很舒服。"

全胜选了棵矮树，他觉得在情急时可以豁出来往下跳。爬到树上，他从腰里解下根带子把自己绑在了树上。戚科长说："这样不好，有情况可能来不及解带子。"全胜说他压根儿就没想到会有情况，只不过把这看作是惩罚他的方法罢了。小任没用那梯子，徒手爬上了一棵高树，那树离刘小姐挺近的，如果风向对了，他能闻到刘小姐身上的幻想型香水味。

"不愧是养猴的，真有些手段。"刘小姐打趣他。

"你想要星星吗？我去给你摘下来。"

"嘴真甜！……啊！在这样的夜，这样的星空下，有三个人在三棵树上……"

"给猴子值班，啊！伟大的猴子，我们的祖先，啊！"

"值班不许说话，别把目标吓跑了！"戚科长看了看他们，便扛着梯子走了。

看着走远了的戚科长，小任从嘴里冒出句骂来。

"你说什么呢？大点声。"刘小姐不失时机地追问。

"我发现你挺行的。"小任轻声说。

"别人都这样，鄙人不敢落后。"

"我对医生没好印象，他们总会告诉人，你还有半年，该吃什么吃点什么吧。说这话时他们一副幸灾乐祸的模样。我爸听了这话，一个多月就死了，什么也没吃，什么也没穿。医生根本不是治病的，是死亡的宣判者，当你求他时，他会摊开手说，我们尽了一切努力，这是绝症，没有办法。由此我觉得人实在很脆弱，一个微小的病毒会使整个人类束手无策。"

"你挺深刻的嘛！除了养猴还读点哲学书？"

"不，我只读报纸上最短的火花或人生短语之类的东西，那能告诉你什么是装孙子，误人子弟。除此之外读言情小说，想风尘女子。"

"我看你就够风尘的了。想个村姑柴火妞就不错了，还风尘女子呢。"

"除了风尘女子还想白衣天使，干那种救命工作的人。"

"白衣天使不想你，白衣天使心里有别人了。……哦！月亮留一会儿吧！告诉我，我的爱人在哪里。"

小任觉得自上树之后，大家都变得兴奋而不正常了。全胜一直在那棵矮树上唱一支调性全乱的歌。这样可能等不来杀猴人了，等来的是……小任发现一只毛毛虫钻进了脖子里。

青袖在猴山里看着那三个人爬上了树，她第一次看到人爬到树上去，这使她想起那段在山林里的生活：在树上蹿来蹿去，吃新鲜的食物，筑巢，生育。她第一次做爱就和白胸在树上。这些人会爬到树上去做爱吗？他们其中有个挺漂亮的女人，只是显得压抑而高傲。她从没看到过人做爱，据说他们把自己关进一种叫房子的东西里，偷偷而兴奋地做，不让其他人看见。他们把这看作是与动物的区分。这些都是那只曾做过江湖猴的小黄猴回来说的，人真挺怪的，他们怕什么呢？

青袖轻轻地爬进小白胸的山洞，小白胸左右搂着年轻的母猴，疲倦地睡着了。青袖刚要接近，被一只惊醒的年轻母猴推了出来。她们粗暴地嘲弄她，以为她是来争宠的。青袖在洞口坐着，感觉到小白胸也许再无暇去碰那柄小剑了，再过一段时间，她与白胸的后代就会以今夜为始延续下去。她抬头看着星星，一行冷泪就垂在腮上，她可以无愧地去见白胸了。

夜鸟划过头顶，狮虎寂寞地吼着，夜从衣服的表面浸入肌肤。黑，到处是黑，睁开眼睛也看不清两米以外的东西，原极熟悉的动物园现在变成个偌大的梦境。

刘小姐扶了扶树枝，觉得这情景其实在梦中都不会出现。不知什么时候，古板的生活被打破了，像火车出轨钻进了龙宫。你竟会因了一只猴子，深更半夜爬到一棵树上等待一个意想中的杀手出现。那个杀手像是神派遣的使者，他在暗处喝着酒，看着你。或者在某个时间出现，让你觉得生活正如我们所料；或者永不出现，让你觉得生活不可把握，乱七八糟的。而此时的猴山中安眠的猴子们在扮演观众的角色，它们现在的位置更接近人。我们在上树的那一刻已然回溯了千百万年，去接近先祖有巢氏了。生活往往调换高低贵贱的位置，这范围不仅局限于人这一单一的群体。

全胜在树上轻轻地撒着尿，那种特殊的声音，也不时从猴山中传出来。小任在那棵树上，不时地把鼻子朝向刘小姐，在黑暗中好像只有鼻子才能判明她的存在。

挺好的，这样的夜，只是缺个情人。不过属于自己的夜，就该独自度过，真的，挺好的。

他们三人在黎明的一刻都睡着了。风摇着树叶，慢慢把一些声音摇亮，麻雀飞来，在他们的梦之外跳着、叫着，生活跟着白天一块儿来了。

戚科长早六点准时扛着梯子到树下。刘小姐先下来，一脸轻松愉快的样子。全胜还没醒，因为有根带子，他睡得放心、安稳。

猴山的猴子们在山石上坐成一排看着他们三人下树。它们觉得这些天的生活真是丰富而新奇。它们觉得人挺笨的，要借助工具才能从树上胆怯地上下，这又多了一个平时取笑人的话题。

一天过去了，两天过去了，三天过去了，总这样过去的话，人就开始怀疑那个臆想中的杀手是否存在。三个人在三个夜晚的树上都有过各自对人生与世界、存在与命运的思辨。虽然所想不同，但都觉得有所悟，心得不少。小任向领导提出：要么继续让他们三个人在树上坐下去，其结果是抓不到凶手，而使他们三个变成哲学家思想家，调离动物园；要么派三名哲学系的研究生去树上值夜，以求尽快地出成果，得普利策奖什么的。全胜要求：白天黑夜都在树上生活，最好能给搭个窝，吃饭、大小便都在树上。他觉得树上的生活比家里的生活要安宁、独立得多。他说他终于知道了什么是幸福。刘小姐要求领导允许情人与她一起到树上去值夜，这样不至于虚掷那些少而又少的良宵，将大好青春都辜负了。

领导答应再值两天后，再研究新的方案。

第四夜，天下起小雨来，黑加之湿冷，三个人虽穿了雨衣，还是把原来放开的思想缩紧在一刻一刻走动的钟上，盼着天亮。

也是合该有事，凌晨四点，他们都听到了铁器撞击围墙的声音。小任眯起眼睛，看见一个人影从那观看猴的护墙上往下放着什么。小任以为这是梦，向刘小姐摇了下树枝，刘小姐马上回摇了一下，这事真了。再看那人，放好东西后，左右看看，静静地站立了好久，反过身去，从那护墙向猴山内爬下去。那他妈的是副软梯，真有杀手啊，终于来了！一个什么样的人才敢在这样的雨夜爬进猴山去？这人跑不了了。我先下树把他的软梯收了，然后让全胜去保卫科叫人，拿电棍、手铐子，让他先在猴山里待着，等天亮了打开铁栅门，捕他归案。

小任轻而又轻地滑下了树，接近护墙上，果然是副软梯，用两只大铁钩钩在护墙上。他探出头来，看见那人打开了一支手电筒，用一束黄光，照着那些在石块下躲雨的湿漉漉的猴子。小任慢慢摘下两只铁钩，一把一把将软梯收了上来，然后，稳住了心跳，平静地说出一句：

"朋友，你在那儿干吗？"

那人忽地熄了手电，向软梯方向跑过去，他摸到的只是被雨淋湿的冰冷的墙。

这时，全胜从树上沉重地跳了下来，向保卫科奔去。刘小姐在树上没动，想更清楚地看到那人熄灭手电时一脸的绝望，她觉得绝望有时真让人不忍。

被围困的人

被围困的人在细雨中孤独地站着。

被围困的人在猴群的睡眠之外，在山石拥紧的群体之外，被戚科长的一支巨大手电筒照着，像一个在舞台中央做绝望独白的伶人。

被围困的人苍白的脸接着雨水，一目不错地看着原本有软梯的那面墙。

被围困的人像是刚刚走进梦，身后的门就关上了，他再也回不到现实中去，或说他也回不到梦中去。他今后的世界中要么只有梦，要么只有现实，他不会两样东西都有了。

被围困的人听到围墙上那些人的声音。

"把腰带解下，把鞋脱下，把手放在脑后，把身上的凶器交出，到铁栅门口去等……"

"抗拒从严，顽抗到底，死路一条。我们有电棍，我们有手铐，我们有四个人！"

"要么等天亮，让参观猴子的人们顺便参观你及你被捕的情景。"

"你有爱人吗？她会为你担心的，干吗要做一只猴子？出来吧，那路就在你身后。"

被围困的人现在想当一只猴子了，但是不能，他会被人和猴子同时认出来。

被围困的人反身向铁栅门走去，他没脱裤子也没脱鞋，他觉得如让他那样做，只有把梦做得更深一些才行。

被围困的人把双手伸进打开的铁栅门，他感到一件更加冰冷的东西套在他手上。然后，他被牵引着，在三人之前一人之后，在细雨中向一座有灯的房子走去。

被围困的人是阿达。

脱不了干系

阿达从不愿去动物园，他不愿看着那些被关在笼子里的动物们用浑然不觉的目光看他，他觉得动物关进笼子就同花瓶摆在桌上一样了。他也不愿看着动物在笼子里焦躁地逡巡，那种渴望冲出牢笼的目光使人心伤。阿达不知道这些关在笼子里的动物是否还愿意回到自然中去，也许有一天它们回去时，感觉到那梦寐以求的自然已和想象的不一样了。他常想回到那个山村去，但他知道那个山村已不是他梦中的那个山村了。过去和未来都不能到达，像个诗人所说的"生活在他方"。人一生出来就会有漂泊感，甚至生活在偏远之地，一生未走出家乡一步的人，他也会觉得他曾有机会能走出去，去过别样的生活，他会一直这么想着到死。

阿达从没有把这城市当作生活的地方，但他不知道还有哪儿可去。岳爷已死了，再回到那个山村，该又是一个陌生的地方。

好像人活着就是让一个热望延续下去，到死也不悔。甚至有着金刚不坏之身的岳爷，也在想着死后的事。似乎死并不是结束，不能结束，不该结束。大翠心里该知道，她如让自己活，就是个永远的结束，而留下孩子就像留下了无限延长的可能，这种可能不会被死亡带走。一个藐视死亡的人，该是个英雄，在这一点上大翠比岳爷更让阿达崇敬。

阿达将要断了找猴枣的念头时，突然想起了动物园那地方该去看看，不管有没有。

猴山四周的人总是满满的，猴子们像是过惯了吵闹的生活，它们努力吸引着观众，盼望能得到点什么。阿达挤了半天，才接近了护墙。阿达找了一会儿，在将要挤出来时，看到了那只青猴。

那是一只青猴。眼睛有白色的光，身上泛出微微的寒气，是年老的母猴。阿达看到它后心内生出些冷来，他抖动了一下，感觉岳爷的目光垂临于他的头顶，那目光没有表情，只显出了对此时的意料。

　　一位年轻的母亲在把儿子向猴山内撒尿，尿淋在一只小猴的头上，招来许多人笑。阿达挤出人群，匆匆离开了动物园。

　　那是一只青猴。

　　阿达从岳爷给的小包裹中，取出那把浸过药水的刀，刀没有光芒，像一件淳厚的工具，刃很快，指甲在边缘一试，一丝冷风从齿间流进心里。阿达舞刀向墙上的一张画挥去，那画儿上的眼睛止住了手里的刀。还要面对一双眼睛！要使一双眼睛熄灭！阿达想到此就觉得怅然，无奈。收了刀，拿出岳爷的信来，又读了一遍。

　　此后，阿达又去了两次动物园，一次刚开门时，一次是关门时。每次俯上护墙他都第一眼就看见那青猴。早上，它在一块高石上，临晚，坐进浅浅的石窝里。阿达仔细察看了，猴山的四周，除一铁栅门可通猴山外，再没有一处可以进入了，要么就从护墙爬下去。阿达想到了软梯，他量了护墙的厚度，要做两把铁钩。

　　阿达准备着，像一个要去远游的人，想到那儿，想到这儿。阿达极力不想刀插进猴子的瞬间，阿达逼迫自己接近那个时刻，忽的一下，眼睛熄灭了，把猴枣取出来，交给岳爷依旧还睁着的眼睛，让他安宁，让阿达也安宁。

　　阿达从来没有想到过，猴山四周的树上会有人，像是安排好了的，在那一天等着他呢。是一双什么样的眼睛洞悉了这一切，那眼睛又在岳爷的眼睛之上静静地看着这世界。

"你除了这把刀外，还有什么样的刀？"戚科长在桌子后边坐着，晃着那把浸过药的刀问阿达。

"这是唯一的一把，再没有了。"

"那前几天杀死两只公猴的一尺剑在什么地方？"

"我还没杀猴子，就被你们抓住了……我进猴山，不是为杀猴，是为了找白天掉下去的戒指。"阿达随口说出了戒指，他觉得这比猴枣更可信。猴枣像个神话，说是说不清的，生活中有那种真实但不可信的事。说戒指更贴近生活。

"戒指?！还他妈的金元宝呢！你个性变态，别戴戒指了，就戴着那两只亮手镯过一辈子吧！"全胜上来就踢了阿达一脚。

阿达觉得"性变态"这个词有点张冠李戴，他从没想过到猴山里去干其他事。

"找戒指，也不至于大雨天备好软梯刀子闯进猴山里呀，可以向饲养员反映嘛！"

"那戒指很大，戴在我的手指上很松，是给我情人买的，没想到一挥手就掉下去了。原想向饲养员反映一下，但又有点信不过人，怕说没有，怕被人匿了去。我从小干事就不相信别人……"

"情人？你还有情人，她在哪儿？"小任忍不住发问。

"她在哪儿我还不知道，想拿着戒指去找。手指合适了，就爱她，结婚。"

"哎呀！挺浪漫的嘛！你是个奇人啊，找着戒指先让我试试。"

"你们各位比我奇，下雨天在树上待着，知道我要去，料事

251

如神。"

"少他妈的废话，快说你是怎么杀那两只公猴的！又戒指又情人的，来这儿编言情小说来了。快说！"

"……"

阿达觉得这事不好办了，在他之前，有人杀死了两只猴，而这些值夜的人几天后在猴山中却把他抓住了，身上还有刀。夜闯猴山的人，不是杀猴人是什么？这事怕永远说不清了。戒指的事儿也编多余了。

"快说！"

"我没杀猴，也不想杀猴，不信你们化验下那把刀，那上边没有血迹，我带它只为了防身用。"

"你上次没用这刀，上两次的一尺剑在哪儿？"戚科长看出这刀并不是杀猴的凶器。

"科长，少跟他废话吧，打电话叫公安局把人领走算了，让他上号里挨打吃窝头去！"

"说吧！要不到公安局还得说。"

"我真想说，可我真的没杀猴，我没那个胆子。"

戚科长开始拨电话，屋里的人静静的。小任睡着了，刘小姐在修指甲，全胜愤怒地在屋子里走来走去。

阿达感到这一段时间的变化是那么快。自看到青猴后，他像是进入了另一种生活，自己不能把握的生活，被驱赶着、拉扯着，无力反抗。现在看来又要进公安局了，到了那儿可能还不是尽头，能怎么样呢？这时候真像一个被吃掉的棋子，等着从棋盘

252

上捡走。

"喂！小许吗？我老戚呀。我们这儿抓到一个杀猴的嫌疑犯……啊对！杀猴的，你们什么时候来给接走呀……什么玩笑啊，在猴山抓住的，身上有刀子……神经像是没什么毛病……他不承认，抓时他没杀，说是下里边找戒指去了……

"……我们这儿也没地方关他啊！你们还是接走吧。什么？杀人的要，杀猴的不要？这不给我们找麻烦吗？告诉你，再出了事，你们负责啊！"

戚科长放下电话，四个人大眼小眼地看着他。阿达知道公安局去不成了，今后的几天不知能在哪儿待着。

在病獾、野驴和"火烈鸟"之间

挨着保卫科的几间房子，是动物医院的病房。阿达暂时被关在了那里，他的手被铐在了一根暖气管上，可以上下动，但不能左右动。

第一天，他和一只病獾关在一起。那獾像是得的消化不良症，总放屁，满屋的臭气，呛得阿达一整天把鼻子对准了窗户。逢那个饲养员来给獾送食时，一进屋就问："什么味？"还拿眼睛瞪他，好像那味是从他身上发出来的。他忙解释说："那獾可能得了消化不良症，总放屁，按说饿两顿就会好的。"他还问了一下，是不是有人也考虑了能给他送点吃的来。饲养员说："不知道，不过总会有人来送的。"他说想喝点水。饲养员拎过那只清

253

水桶，他便把头扎进去大喝了几口，说谢谢。

"你怎么会想到去猴山干那事？"饲养员眉眼极暧昧地问他。

他说他到猴山去找一只丢失的戒指，然后他又把戒指和情人的事说了一遍。

"不过，有了这事儿，你这辈子不好找对象了。"饲养员说过这话后，拎着桶走了。

阿达知道他说的"干那事"的含义是什么，现在整个动物园可能都在传播一个性变态夜闯猴山的故事。这事儿也会马上传进他工作的宫里，使得领导要忙于准备一份关心大龄青年的讲话稿。

人也许更愿意相信一些离奇的故事，他此时有点后悔，不该编个戒指与情人的普通故事来讲给人听。这好像与夜闯猴山这么精彩的一段情节不符。不过他还是不愿把关于猴枣的故事讲给别人，那太严肃，也太深刻，讲出来会害了别人也害自己。

下午，一个长得很丑的女青年来给他送饭了。他吃的时候，那女的专注地看着他，一眼不眨。这让他挺不好意思，在咽馒头的当儿，他抽空对那姑娘笑了笑。

"其实，你不必冒那大风险去猴山，你还有其他机会……他们都不愿来给你送饭，我倒不特别怕……我在这儿负责喂火烈鸟，那种像掉了色的弯曲的大鬼怪，他们都说我比火烈鸟还丑，是这样吗？"

"啊，不！我从不以外表来评判人，准确地说，我觉得你此时比谁都艳丽。"

"我把这看成是个机会，你不知道，看着一个男人吃饭有多么温暖……"

那姑娘说完后，收拾碗筷走了。

阿达觉得喜剧中悲凉的气氛有时最动情，他没把戒指的故事讲给她听，他觉得这故事对她不合适，如果有机会他愿意把大翠的故事讲讲。

晚上，戚科长单独提审了他，对他说，猴山里没有戒指。同时透露出在他宿舍中也没有找到凶器一尺剑。戚科长还是紧追凶器不放。

阿达把戒指和情人的故事又复述一遍，其中加进了些论据和浪漫的情调。他否认自己再有第二把刀，并反问戚科长："如果我前两次杀猴用的是一尺剑，何必在第三次时再更换一把刀?"戚科长对这一问题准备不足，无法回答。

病玃在夜里显得分外兴奋，在笼子里腾挪蹦跳，时而发出怪异的尖叫，发光的双眼在黑暗中刺痛他。他学着猛兽的吼叫，想让玃安静下来，后来他发现，他每叫一声，玃就掉过屁股来朝他放屁，这比什么都糟，最后是他安静下来了，玃舞蹈了一夜。

第二天，病玃出院了，那间屋子里换来一头患有忧郁症的野驴。

小白胸在二王死的那天早上，高高地翘起了尾巴，翘起尾巴，他觉得自己身体变大了。他在整座猴山中巡视了一遍，对每只猴子都做了抚慰。他接收了原来大王遗下的嫔妃美妾，兴奋地与他们交配、嬉戏。他看见了行动逐渐迟缓的红腰。看着她隆起的肚子，心里充满了仇恨，他知道那肚子里将生出大王的影子。

青袖听到风轻轻吹过，她在高石上坐着，天上没有一丝云，像她的心，所有郁结的东西都已化开了。小白胸贪婪地享受着王的权力，猴子们还没有从接连失去头领的惊恐中缓过来。猴山失去了往日的兴奋，成年猴在山石间游荡、思想。她知道这局面不会太长，生活会淘洗一切，一切欢乐与苦难都会被洗掉。青袖看到了小白胸对怀孕母猴的仇恨目光，她觉得这不应该。大王已死了，这足够了，不该让他的后代消失。否则，死去的眼睛会在天上睁开，看着这个世界。

第二天，戚科长没有提审他，也许那个问题他还没想通。

阿达与那头患忧郁症的野驴寂寞地对视着。那头野驴也许是个伟大的思想家。它不闭眼养神，也不踱步，只是要隔段时间长长地叹几声气，好像一个很大的问题还没能解决。阿达觉得应该让它学学拉车，或在路上驮着回娘家的小媳妇山顶山脚地颠，听听放羊的野小子唱两支酸曲，要么搬台电视来给它放段跑驴的录像。不管干什么，也不能关在这房子里，和他在一起只能使忧郁症加重。

"哗！"他撒尿时，野驴也撒尿。野驴尿很臊，有变质的肥皂味。不过，野驴也许会觉得他的尿也很臊，有变质的人味。再这么下去，真会他妈的变质。阿达不能在野驴的面前想很重要的事，也不能想美好的事。等那个丑姑娘来送饭时，阿达不想再当着她面嚼呀、咽呀地让温暖被她一人得到。阿达说："你下回送点干草来就行了，我想变成头驴。"

"别赌气，今天，我给你带来了挺好的烤小鱼，是我从火烈鸟的食中挑出来的，新鲜极了。"丑姑娘说着，从菜盆里捡起条鱼，喂进阿达的嘴里。

阿达闭着眼，等那鱼游进嘴里，他仿佛看见了成群的火烈鸟突然伸直了脖子，瞪着眼睛看他。

丑姑娘开始一勺一勺地喂他。阿达从小到大没有人这样待过他，他突然觉得这太情调化了，不真实，让他受不了。他想哭，就流出眼泪来，眼泪滴在空了的钢勺里，像颗滚动的珠子，抖动，摇晃，噼啪地响。丑姑娘放下勺子，就双手抱着他的头，两人大声地哭起来。

"我找到戒指，就给你戴上，跟你结婚，跟你过好日子，生孩子！"阿达边哭边说。

"找不着戒指，咱也好，我伺候你，养活你，爱你。"

"他们冤枉我，我没杀猴，我也不是性变态，你可得信我。"

"我信你。我有间房，你出来咱们搬一起住，我知道你爸死了，娘改嫁了，以后我就是你的亲人了。"

两人愉快地哭着，把眼泪和鼻涕搅在一起。在一旁看了很久的野驴突然伸直脖子，死命地叫了起来，像是终于有什么悟通了，忧郁症好了。

阿达再一次觉得，生活并不会辜负我们，这当然要你平心地去过。别提什么要求，别想得太多太远，别做计划，遇到事儿也别躲着，就那么走。这世界到处都是路，路不是走出来的，是发现出来的。走路的人不该有烦恼，赶路的人才有烦恼；走路的人不知要去哪儿，赶路的人越急目标越远。阿达觉得人一生就是个行者，到处走走，到处看看，静下心来想想，而后去死。阿达不感激什么，也不恨什么，这世界该来到的，都会来到。

阿达唯一放不下的事，是那枚猴枣。如真找不到青猴，也就算了。现在青猴找到了，阿达不把猴枣弄到，他就是个躲事的懦夫。在这世界上他谁的情也不欠，不欠父母的，唯欠岳爷的。他受不了以后的生活中，岳爷总睁着眼看他，再进猴山的机会，什么时候还能找到呢？

第二天，戚科长依旧没有提审他。

第四天一早，戚科长派人把他带了过去。还是那间办公室，刘大夫和小任早已来了，戚科长让他坐在一把椅子上，然后把他的手铐去了。

"这两天还好吧？有什么想法吗？"

"想法很多，一时也说不清。"

"听说你和火烈鸟恋上了？"小任用讥讽的语气问他。

"啊，对！我终于找到了梦中的爱人，这要感谢你们几位。"

"收获不小啊！"

"还有其他收获：治好了一头野驴的忧郁症，为一只消化不良的獾提供了陪床护理。"

"你还成雷锋了呢！"

"好，其他不说了，鉴于我们三天来对你的详细调查，和猴

258

山案情的发展，决定放你出去了。现在你就可以走了。还有什么想说的吗？"

"放我出去了？凶手抓到了？"

"没有。"

"那我不出去，凶手抓不到，我这性变态的帽子给谁戴？"

"他妈的你还讹上我们了！戚科长，他不出去算了，把他跟瞎蝙蝠关一起再放上六条蛇，看他出去不出去！"小任气愤地说。

"不要闹情绪嘛！我们抓你是对的，放你也是对的。要不是昨晚又有一只怀孕的母猴被杀了，你想出去我们也不会放你。"

阿达听到又有一只猴被杀了，身上就冷了起来，真有一个杀猴人存在呀，这神秘的杀猴人是为什么呢？为了猴枣？

阿达想到猴枣，就想出了个再进猴山的办法，也许只有这一次机会了。

人或者猴

过了一天，动物园静园后，猴山的铁栅门被小任打开了。他没往里放饲料，而是牵来了一只笨拙的大猴。大猴慢慢地爬进猴山，在一个僻静的角落蹲下。为了不引起别的猴子注意，他捡起地上的一个苹果核，摸摸看看后放进嘴里。

所有的猴子都爬上朝着这只猴子的山石，好奇地看他。大猴假装吃得津津有味，而不抬一眼。小白胸在高石上站着，他感觉到这猴子的毛色挺熟悉，像死去的大王的，他为这一发现而浑身

259

发抖。他不知道为什么追求的生活总会变着味儿地来到，这只新来的猴子也许会搅乱现在的猴山。

这时，在铁栅门处还没走的小任，为转移猴子们的注意力，往里扔着香蕉和胡萝卜。一些幼小的猴子先跑走了，接着成年猴也被香蕉所吸引。

青袖没动，她知道这是小白胸杀死红腰的报应，她曾警告过小白胸别再动杀机，别杀了大王的后代，他不听。他狭隘得不像个猴子，像个闹恋爱的人。

青袖看到大猴在山石下，用手遮阳光看她，那绝不是大王的目光，这猴是谁呢？她想过一会儿就去接近他，以一个老者的身份，向他提问，向他忏悔，要求他对杀死红腰的事，给予原谅。

大猴立起身子，慢慢爬向一个更僻静的角落，他不像那些独自进来的孤猴先参拜大王，而后对每只猴子表示友好。他像是过着另一种生活的猴子。

青袖从高石上缓缓爬下来，她慢慢向大猴接近。为了不显得突然，她边走边拾着身旁的果壳或废包装盒。大猴一目不错地看着她，等着她接近。

她爬过去了，边爬边说着"欢迎"。大猴一言不发，只是用手摆动着，像那种天生的哑猴。她挨近他的身体，两只手友好地在他耳后翻找虱子。大猴静静不动，他的皮毛十分清洁，但没有生气。大猴反过身来帮助青袖找虱子，他笨拙地翻着，青袖知道他过了很长时间什么也没有抓着。青袖问他从哪儿来，他打着很乱的手势，又像那种天生的痴猴。大猴摆动完手之后，突然把放下的右手在她腹间生发寒气的地方抓了一下，像是要找什么东西。青袖不动声色地把他的手挡开，转过身去冲他撒了泡尿，然后慢慢爬走。

这是一只痴哑猴，来此之前被人精心地豢养过，长得洁净而肥硕，不知为什么会到猴山里来，他来这儿不会有什么作为，青袖边爬边想着。她要把这消息告诉小白胸，一要防范，二不必惊恐。

天黑了，树冠和黑黑的夜空接在了一起，偶然的星穿透缝隙落进了一个看着天的人的眼睛里。猴子们安静了，它们找到自己的角落，闭上眼睛等待天亮。

大猴的四周没有一个猴子，他紧贴着护墙，萧瑟地蜷着身体，睁开的眼睛没有亮光。他看着天上的星星，像一个漂泊的人，看久了就流出眼泪来。

大猴是阿达装扮的，他说服了戚科长，这似乎是一个抓住杀猴人的最好办法。他们从全胜那儿把猴皮要了回来，让一位电影厂的化妆师精心地化了半天装。阿达像只猴子挤进了猴山，起先他惊恐，现在他孤独。

阿达看着星星，想起从小到现在的经历，像是总在陌生之地漂游。山村，岳爷，古画，病兽，丑姑娘，青猴，这猴山上空的星星，每一事都不是他能想到的，谁在安排他的生活呢？

他没想到那只青猴会第一个来接近他，像是知道他来的目的似的。它叫的声音说了些什么，还帮他抓虱子。他像是摸到了那枚猴枣，硬硬的有透骨的寒气。不过今夜他不能动手，一是他刚进来，马上杀死猴子，这太突然，况且他没有捉到杀猴人，猴子又死了，这也说不过去。再者，他真想抓住那个杀猴人，也许那是个真性变态。他妈的性变态，人为什么会出这种事？是环境造成的变异，还是骨子里的劣根？他从没想过，他心里的女人只有大翠一人，城里的女人都很自私，和他母亲一样。他不爱他妈妈，她回城后就改嫁了，把原本就不多的感情都撒手丢了，他也不抱怨，一个没有情感维系的人是个轻松的人，他信这一点。

丑姑娘真丑，她也许更应该填补母亲的位置，一个充满爱怜的位置。办完了岳爷的事，就和她结婚，天天让她喂饭吃，向她撒娇，发脾气，把半生没得到的爱都从她身上索取回来。让她伤心，让她哭，然后把安慰赐给她，好久好久不生孩子。阿达想下半辈子不是该去做个爸爸，而是该享受做孩子的滋味。

一颗星在最高的山石上许久不动，这个夜注定要比他一生中所有的夜都长，那星如果是岳爷看他的眼睛，该现出一点慈祥的光来。他想找颗更亮的星，当作大翠的眼睛，那只眼睛更能照进他的心里。他曾想到自己总是在被冥冥中的一只手掌推着走：穿上猴皮，像猴子一样爬进来，吃地上变质的果核。穿上猴皮时，他感到自己作为人的部分已经丢了，但他又不是猴，他什么也不是。

大翠的眼睛亮着，现在他清楚了，那驱赶他的力量更多来自大翠，来自她分娩后死亡的夜晚，来自她自己选择的牺牲，来自阿达对理想中母亲的崇敬……他不想让大翠的死成为虚幻。再

262

说，那生下的孩子不仅是岳爷和大翠的，也有他的一份儿。他想起每次给大翠开门的情景，让大翠坐在狍子皮上的情景。这是三个人绾起的结，已经有两个人死了，那孩子如再死了，这结就散了，那感觉像过去都没有了，丢失了，这比看不见未来更可怕。

阿达挪动下坐累了的身子，他不能像人一样站起来伸伸懒腰。他交换着四肢，在地上静静地爬动起来。他突然感到在夜空下爬很轻松，甚至不敢再爬下去，怕爬回到多少万年前的祖先人猿那儿，回不来了。

猴子们发出安稳的鼾声和呓语，一只猴从山石上摇晃着爬下来，又摇晃着爬回去，像是患有梦游症。阿达知道，此时只有一只猴感到了今夜的不同。那只青猴在长石的背后坐着，一直用发着白光的眼睛看着他。阿达极力地回避那两只眼睛，它像是被苦和智精炼的两颗星子，洞穿了他的想法、念头、此行的目的，什么都逃不过那双眼睛。

天亮了，阿达在一缕早晨的阳光下睡了过去，突然又被猛烈的撞击惊醒，睁开眼看到一张布满伤疤的猴脸，是个成年的雄猴。看他醒来后，就摇着屁股向他显示性器，阿达知道这是震慑他的一种举动，与人的那种撕开前襟对你拍胸脯的举动，意义相仿。其他的猴子都在山石上看热闹，阿达琢磨可能还要在猴山中待两天，他不愿像个懦夫样，两天中被所有的猴子欺负。他假装低头做出臣服的样子，然后猛一冲，将头狠狠撞在那只猴的腹上，那猴三两个跟头后，带着一串惊叫跑了。猴山上的猴子蹿上跳下，兴奋地退去。阿达学着猴的样子，在一块石后撒了泡尿，然后又去太阳下睡觉。

阿达再睡时，是被护墙上一个游人扔下的废包装盒砸醒的。

"傻×！还睡呢？"那是个粗鲁的人，在阿达抬起头来看他时，他正准备把手里的烟头也扔下来。

阿达差点回骂他一句，骂到嘴里咽了下去。他蹲起来，爬向一块较远的石头，返过头来看到环形的护墙上已挤满了人，有的叫喊呵斥，有的拍手欢呼。猴子们无法拒绝人强加给它们的鄙视或欣赏，它们在一个白天中让人参观，让人看它们吃东西、拉屎、撒尿、哭泣、交配、挨打、交谈、思想。阿达想到古代的站木笼示众和游街，那确实该是一种最残酷的精神刑罚。现在的人想理解猴子，就该换个位置，让他们无援地在护墙内，被别人随意地看来看去。阿达看着游人，觉得他现在的情感更倾向于这些被强迫暴露在人面前的猴子。阿达想到这儿时，觉得自己已经很危险了，不该穿上猴皮就帮猴子说话。阿达想，自己还是个人，应该用人的目光来看，用人的思想来想。人在这个世界已经思想几千年了，有那么多先哲、圣贤，他们的思想不会错。阿达告诫自己，再过两天他要把这张猴皮脱掉，他是人，不能为某些问题没想通便去做一只猴子。

这时有个喝酒的男子，将喝剩一半的啤酒从护墙上倒下来，被一只张着嘴的小猴几乎都接喝了，招来很多人的欢呼。阿达看着小猴很生气，干吗喝那口剩酒，干吗给他们以欢呼的口实，就不能不喝吗？冻死迎风站，饿死挺肚行，不吃嗟来之食，干吗……阿达突然觉出这是人的思想，不该用人的思想来教育猴。再说这小猴可

264

能生出来了就在猴山，它并没有体会过自由和尊严，它是猴山里的猴子。阿达觉得这张猴皮给他带来了很多思想上的混乱或飞跃，他突然觉得如果这猴皮穿长了，可能就回不到人群中去了，这太可怕了。他曾在报上读过一则真事。一个四岁的女孩，在飞机失事父母死后，被一群非洲的猴子收养了，长到十三岁，被人发现后接回了文明社会，她学习深造，还得了博士学位。但常在休假时，赤身裸体地回到树林中去飞跑，攀树，在树上吃东西。她只对一个她信任的人说过，她极怀恋在猴群中的生活。于是，在一个暑假，她乘飞机去了非洲，在两个向导的带领下，找到了自己当年生活的森林，她一直对别人说只是想再看看生活过的地方。但在当夜，两个向导睡着了时，她便失踪了，再也没有回来。阿达每想起这故事，就浑身打战，这是一个摧毁人类自信心的故事。她有什么不满意的？她为什么更怀恋猴群的生活？或许那儿更自由，恋爱不用说假话，不必读书，或不必向人掩盖自己；或许人类已远离了生活的本质，而变成了一些被日子支配的玩偶；或许仅仅是因为怀旧，就像我一直想到山村中去一样；或许那些猴子使她想到亲人，当年救助她的一个群体，曾用心血来呵护她。阿达想不透这里的原因，阿达突然觉得真正的生活，永远不是我们所想的那样。

他看见翘着尾巴的小猴王从一块山石上攀了上来，左右跟着年轻的母猴。猴王巡视着猴山，它的目光从不转向人群。它用双手扳牢一块瘦长的立石，呼呼地摇动身体，边摇边叫喊，像是在活动身体或显示威风。摇着摇着，忽地扑向护墙下一只已经怀孕的母猴，只一掌便把那母猴打了个跟头。母猴猝不及防，爬起来尖叫着夺路而逃，小猴王紧追不放。快接近时，阿达看见从山石上飞跃下只猴子，插进它们之间。来不及收脚的小猴王，将这猴撞翻在地滚了几个跟头，等那猴踉跄地爬起来，阿达看清了正是自己要找的青猴。青猴的加入使小猴王停止了追打。那只被打的母孕猴，额头已渗出些血，它爬过来与青猴相扶着到有太阳的地方去歇息。

阿达想不通，一只猴王为什么会打母孕猴；他也想不通，青猴为什么会舍了命来护这孕猴。他只微微感到那青猴在猴山之中是唯一可以左右小猴的一只猴子。它也许是个老母亲，是这猴山中的一条根。

阿达蹲起来，笨拙地向那两只猴爬过去。他听见护墙上有人喊："瞧那大傻猴，怎么爬起来跟个人似的！"阿达内心说：要爬得像猴可能要几年的工夫。他还是暗暗告诫自己，多静少动，露了馅不是玩儿的。

爬到它们跟前，阿达伸出手来学着猴子的样，翻弄着青猴身上的毛。青猴闭着眼睛一动不动，它刚才也许跌得很重，身上的土都没有力气抖干净。阿达用手抚动那些在阳光下的青光，感觉到那皮毛已枯涩了，但还是有种温暖感，那温暖淡而坚实，像此时照在人身上的光。阿达轻轻地抚尽那些土，像在安慰着一个老人。他感到青猴轻轻颤抖了一下后回过头来，他看见那双慈祥眼中浮着两滴泪水，晶莹的泪水滴落下来，阿达仓皇地住了手，他没想到猴子的情感更为丰富。此时，那只母孕猴蹭过来，它讨好地在阿达的猴皮上翻找着，轻轻为阿达搔着痒，然后用臀部撞着阿达，越来越急迫，突然把尾巴翘起来，向阿达显示性器。阿达对这一切不知所措，几乎站起来跑开。他知道母猴的意思，他不知道怎样中止这尴尬的局面。看着小猴王突然从山上冲下来，阿达慌乱地抱起母孕猴，扔进青猴的怀里，自己反身夺路而逃。小猴王追上他后，从后边猛地一撞，阿达就势翻了个跟头，躲进一块石头中，做畏惧抖动状。

小猴王并不再追打他。阿达在山石的背后蜷紧身体，像一个经历着严寒的人。他第一次感受到了猴子对情感的反应是那么迅捷，他闭起眼睛就看见青猴眼中滴泪，那泪滴落了，从它的腮边经过，沉重地经过，滴落在地上，旋转着现出许多奇幻的情景。

阿达在阳光下温暖地睡着了。

再睡时，听到小任在铁栅门那儿喊他。已是傍晚了，清过园了，小任从铁栅门相反的方向，扔下很多香蕉、栗子，把猴子引开，手里拿着一盒饭，在喊他。他爬过去，毫无表情地看着那盒饭，没有食欲。他觉他应和猴子们一样抢香蕉、栗子才对。他接过饭盒用背挡住身后的视线，划拉了几口，就递还给小任。

小任悄声问他："哥们儿，感觉怎么样?"

他不想说话，感觉说不清，要想体会该自己进来试试。他做了个模糊的手势，反身爬走了。听见身后小任喊了一句：

"傻东西，小心别变成了猴!"

这话说的，可能从他的猴脸上看出了什么气象。他变不成猴，猴群能识破他，人群也能识破他。他暂时不是猴也不是人，

267

他用猴的眼睛看人，用人的眼睛看猴。像站在悬崖边上，听见风声，总在想掉下去会怎么样，反回身去又会怎么样。这该是个哲学家的位置，或动物学家的位置。他只是个来取猴枣的人，杀猴的人，熄灭猴的眼睛、打碎眼泪的人。他想到这，就出汗，汗湿了猴皮，他闻到一股动物尸体的异味。

去，还是留下

阿达不想重演那个女孩子的故事，不想长久在猴山中待下去。他又想了想来猴山的目的，为取猴枣，为捉另一个杀猴人。阿达突然觉得这两件事也许并不能同时办成，或取了猴枣，没捉住另一个杀猴人，或捉住了杀猴人没取上猴枣。这两件事只能做成一件，也许……一件也做不成。

阿达想到这儿，就仿佛觉得，岳爷和大翠都睁开了眼睛在看他。山石上的那两颗星星，升起来了，亮了，还是昨天的位置。要取猴枣呢！他感觉了一下腋间那把浸过药的刀。那是临进猴山时，他向戚科长要的，说是怕发生搏斗，用以防身什么的。戚科长没犹豫，把刀给他了。

这刀说是疗伤割肉不疼。青猴也许连叫都不会叫，就倒在地上，让他飞快地取了猴枣，然后……然后该怎样？逃，往小山村逃，把那颗猴枣给了那痴儿，让他活，让岳爷和大翠的骨肉接续下去。那痴儿长大后许是凶犯，他会说，自他晓事了，就没过一天好日子，他说是那枚猴枣害了他，他恨那猴枣，他想过的是什么都不知道的日子，傻瓜的日子。

阿达不能征求痴儿的意见，岳爷的眼睛睁着看呢。阿达把手伸到腋下，抽出了那把刀。刀浸过药，没有一点儿光，像黑夜的一部分。

阿达抽出刀时，山上的石头响了一下，他看见青猴从高处爬了下来，像一块黑影带着两盏发着白光的小灯，小灯向他这边亮过来。阿达轻轻把刀子袖起，那黑影爬过来在他身边坐下，也和他一样抬头看着山石上的两颗星星。

青袖曾看到小任隔着铁栅门给这大猴送饭，那时青袖知道了这猴是披着死大王皮的人假扮的。她想不通，这人来猴山干什么，也许为了除掉小白胸，也许为了别的人，为什么事。刚才在山石后边她看到了这假猴一直看着天上的星星，这几天夜里他都这样，坐在固定的位置上，看着天上星星。

青袖又觉得他来到猴山不会带来什么凶事，这从那天她跌坏了，他爬过来安慰她时感觉到的。多少个春秋过去了，被安慰的感觉只是在山林中有过。她那天眼里流了泪，是因为想起了白胸，她流泪时，他慌乱了，是个充满温情的人，他到猴山里来做什么呢？

青袖看到的是山石边两颗普通的星星，只是看久了，会觉得那星也在看你，星星被注视着活起来，好像它等了多少万年，知道你今夜来看它。这个看星星的假猴必定有很多心事，那心事该与这猴山有关。

阿达把眼睛闭上了，他总感到此时青猴要说点什么，但能说什么，猴子能说什么，它说出的话人怎么能懂？阿达总感觉着星星在命令他把刀抽出来，把猴枣取了，杀死这只深夜来他身边坐着的青猴。

阿达觉得一点儿力量也没有，听凭刀在袖子里等待着。他闭上眼睛，让岳爷和大翠在黑暗中隐去，闭上眼睛，他看见青猴眼中滴出的泪水。他不知道谁更有活着的权力，凭什么让青猴的眼睛熄灭去换一个痴子活下去！那么让痴子死，让大翠松开的手掌上什么也没有，让岳爷叹一口气背过身去，让他在山村的过去消失，或负上沉重的债。谁应该活着，阿达不知道，不知道。

青猴轻声自语着，带着明亮的眼睛离开了，它在夜色中渐渐爬远，阿达知道，他失去了个决断的机会。

在以后的一星期里，动物园又发生了件大案。两个外省的农民藏在虎馆里，躲过清园的检查，用剧毒农药毒死了一只孟加拉虎，当夜钻进笼，把虎肢解后，虎皮虎骨带走，把虎肉抛进旁边的狮子笼里。狮子因被当夜残酷的肢解情景吓休克了，没敢碰那有毒的虎肉，而得以幸存下来。戚科长为此案忙得焦头烂额，完全把在猴山中的阿达给忘了。

此间，小任在一次上班的路上，被汽车撞伤住进了医院，人事不知。猴山换了个喂猴的，他并不知道那只大猴是人改扮的。阿达在两天没正式吃东西后，开始与猴子一样抢食游人投下的面包或果核，他开始当着游人拉屎撒尿。每个白天，他的情感倾向青猴；每个夜晚，他又愧对岳爷和大翠的眼睛。他找不到杀猴取枣的理由，也回绝不了岳爷临死的请求。他想离开猴山，又觉得不该空手而去。他终日思想着，犹豫着，没有答案。

"生存，还是毁灭?!"

一个秋高气爽的好天气，游客们听到猴山里有人在忧伤地独白。那声音之后，众猴都张开了嘴巴，齐声哀啼，凄凉的叫声，使听者，泪湿衣裳。

图书在版编目(CIP)数据

骑马上街的三哥／邹静之著. — 北京：中国文史
出版社，2021.1

（中国专业作家作品典藏文库·邹静之卷）

ISBN 978 - 7 - 5205 - 2252 - 6

Ⅰ. ①骑… Ⅱ. ①邹… Ⅲ. ①中篇小说 – 小说集 – 中
国 – 当代②短篇小说 – 小说集 – 中国 – 当代 Ⅳ.
①I247.5

中国版本图书馆 CIP 数据核字(2020)第 172521 号

责任编辑：牟国煜　　薛未未

出版发行：**中国文史出版社**

社　　址：北京市海淀区西八里庄路 69 号院　邮编：100142

电　　话：010 – 81136606　81136602　81136603（发行部）

传　　真：010 – 81136655

印　　装：北京新华印刷有限公司

经　　销：全国新华书店

开　　本：720 × 1020　1/16

印　　张：17.75　　字数：182 千字

版　　次：2021 年 1 月第 1 版

印　　次：2021 年 1 月第 1 次印刷

定　　价：63.00 元